모데라토 칸타빌레

MODERATO CANTABILE
by Marguerite Duras

모데라토 칸타빌레

마르그리트 뒤라스

정희경 옮김

▲

문학과지성사

옮긴이 **정희경**

서울대학교 사범대학 불어교육학과를 졸업하고 같은 학교 불어불문학
과에서 석사와 박사 학위를 받았으며, 프랑스 파리 7대학에서 수학했다.
지은 책으로『은유, 그 형식과 의미작용』이 있고, 옮긴 책으로『천재의 역
사 2』『카산드라』『카르멘』『발 이야기 그리고 또 다른 상상』등이 있다.
현재 서울대학교 불어불문학과에서 강의하고 있다.

문지 스펙트럼 세계 문학

모데라토 칸타빌레

제1판 제1쇄 2001년 4월 25일
제1판 제9쇄 2015년 9월 18일
제2판 제1쇄 2018년 11월 5일
제2판 제6쇄 2024년 9월 30일

지은이   마르그리트 뒤라스
옮긴이   정희경
펴낸이   이광호
주간   이근혜
편집   박지현 김가영
펴낸곳   ㈜**문학과지성사**
등록번호 제1993-000098호
주소   04034 서울 마포구 잔다리로7길 18 (서교동 377-20)
전화   02) 338-7224
팩스   02) 323-4180(편집) 02) 338-7221(영업)
전자우편 moonji@moonji.com
홈페이지 www.moonji.com

ISBN 978-89-320-3500-0 03860

이 도서의 국립중앙도서관 출판예정도서목록(CIP)은 서지정보유통지원시스템 홈페이지
(http://seoji.nl.go.kr)와 국가자료공동목록시스템(http://www.nl.go.kr/kolisnet)에서
이용하실 수 있습니다.(CIP제어번호: CIP2018033911)

차례

일러두기

1. 이 책은 Marguerite Duras의 *Moderato Cantabile*(Les Éditions de Minuit, 1958)를 우리말로 옮긴 것이다.
2. 인명, 지명 등 고유명사의 외래어 표기는 국립국어원 외래어 표기법에 따랐다.

1

"악보 위쪽에 뭐라고 써 있는지 읽어볼래?" 피아노 선생이 물었다.

"모데라토 칸타빌레." 아이가 대답했다.

피아노 선생은 아이의 말에 구두점을 찍기라도 하듯 연필로 건반을 탁탁 두드렸다. 아이는 얼굴을 악보로 향한 채 꼼짝도 하지 않았다.

"그러니까 '모데라토 칸타빌레'가 무슨 뜻이지?"

"몰라요."

거기서 3미터쯤 떨어진 곳에 앉아 있던 부인이 한숨지었다.

"모데라토 칸타빌레, 그게 무슨 뜻인지 정말 모른단 말이지?" 피아노 선생이 되물었다.

아이는 대답하지 않았다. 또다시 연필로 건반을 두드리는 피아노 선생에게서 어쩔 도리가 없다는 듯한 신음 소리가 새어 나왔다. 아이는 눈썹 하나 까딱하지 않았다. 피아노 선생은 부인 쪽으로 몸을 돌렸다.

"데바레드 부인, 정말 고집불통 아드님을 두셨어요." 선생이 말했다.

안 데바레드는 다시 한번 한숨을 쉬었다.

"말씀 안 하셔도 벌써 알고 있답니다." 부인이 말했다.

눈을 내리깐 채 꼼짝도 하지 않고 있는 아이만이 이제 막 어스름 저녁이 되었다는 데 생각이 미쳤다. 그러자 아이는 오싹한 기분이 들었다.

"전에도, 그전에도 골백번도 더 이야기했는데 정말 무슨 뜻인지 모른단 말이지?"

아이는 대답하지 않기로 작정했다. 선생은 눈앞에 목석처럼 앉아 있는 이 아이를 한 번 더 쳐다보았다. 점점 더 화가 치밀어 올랐다.

"또 시작이야." 안 데바레드가 나지막이 중얼거렸다.

"문제는," 선생이 계속해서 말했다. "문제는 바로 네가 일부러 대답을 안 하려고 한다는 거야."

안 데바레드도 아이를 머리부터 발끝까지 훑어보았다. 선생과는 달리 사랑을 담뿍 담은 눈길이었다.

"두고 봐, 당장 말하지 않고는 못 배길 테니." 선생이 버럭 고함을 질렀다.

아이는 털끝만큼도 놀란 기색이 없었다. 여전히 아무 대답도 하지 않았다. 그러자 선생이 세번째로 건반을 두드렸다. 어찌나 세게 쳤던지 그만 연필이 툭 부러지고 말았다. 아이의 손 바로 옆이었다. 주먹을 꽉 쥔 채 움직이지 않는 그

손은 이제 막 통통하게 살이 올라 동그스름하고 아직도 우윳빛을 띠고 있었다.

"정말 다루기 힘든 아이예요." 안 데바레드가 난처함을 감추지 못하면서 겨우 용기를 내어 말했다.

아이는 잽싸게 목소리가 들리는 쪽으로 얼굴을 돌려 엄마가 거기 있는 것을 확인하더니, 악보를 향해 꼼짝도 하지 않는 자세로 되돌아갔다. 여전히 손은 오므린 채였다.

"다루기 힘든 앤지 아닌지는 알고 싶지 않아요, 데바레드 부인. 까다로운 애건 아니건 고분고분 시키는 대로 해야만 해요. 아니면 그 대가를 치르던지……" 선생이 말했다.

이 말이 끝나자 열린 창문으로 파도 소리가 밀려들었다. 거기에 화창한 봄날 오후 도심 한복판의 들뜬 소음이 섞여 들었다.

"마지막으로 묻겠는데, 그게 무슨 뜻인지 정말 모른단 말이지?"

열린 창문틀 사이로 모터보트 한 척이 미끄러지듯 나타났다. 악보를 향해 있던 아이의 몸이 — 아이 엄마만이 알아차린 사실이지만 — 순간 움찔했다. 모터보트는 아이의 혈관을 타고 지나갔던 것이다. 시내 어디서건 낮게 부르릉거리는 모터 소리를 들을 수 있었다. 유람선은 거의 눈에 띄지 않았다. 저물어가는 장밋빛 해가 하늘을 온통 붉게 물들였다. 저쪽 방파제 위에서는 동네 아이들이 걸음을 멈추고 이 광경을 구경하고 있었다.

"이번이 정말 마지막이야, 모르는 게 확실하지?"

다시 모터보트가 지나갔다.

선생은 아이가 이처럼 지독하게 고집을 피우는 것에 놀라지 않을 수 없었다. 머리끝까지 치밀었던 화는 가라앉았다. 그러자 손짓 한 번이면 입을 열게 만들 수도 있을 이 어린애 눈에 자신이 그토록 하찮은 존재로 비친다는 사실에 절망적인 기분이 들면서, 갑자기 자신의 각박한 운명이 사무쳐왔다.

"지겨워, 지겨워, 무슨 이따위 직업이 있담." 선생은 거의 신음하듯 중얼거렸다.

안 데바레드는 바로 대꾸하지는 않았지만, 그 말에 수긍한다는 듯이 머리를 살짝 숙였다.

이제 모터보트는 열린 창문틀 사이를 완전히 지나가버렸다. 아이의 침묵 속에서 파도 소리가 끝없이 더해갔다.

"모데라토?"

아이는 꼭 쥐었던 손을 펴더니, 종아리를 가볍게 긁적거렸다. 너무나 거침없는 행동이어서, 선생도 아이가 천진난만하다는 것만은 인정하는 듯했다.

"몰라요." 종아리를 긁고 난 아이가 말했다.

석양빛이 아이의 금발이 빛을 잃을 정도로 갑자기 눈부시게 찬란해졌다.

"그건 쉽단다." 어느 정도 평온을 되찾은 선생이 말했다.

선생은 한참 동안 코를 풀었다.

"얘도 참……" 안 데바레드는 어찌 됐든 기분 좋게 말했다. "무슨 저런 애가 있는지, 이런 고집불통 녀석이 어디서 생겨났는지 모르겠어요, 정말……"

피아노 선생은 그런 알량한 자만심에는 대꾸할 필요가 없다고 생각했다.

"그게 무슨 뜻이냐 하면," 선생은 — 체념한 듯 — 말했다. "골백번도 더 말했잖니, '보통 빠르기로 노래하듯이'라고."

"보통 빠르기로 노래하듯이." 아이는 아무 생각 없이 건성으로 따라 했다.

선생은 등을 돌렸다.

"어쩜 이럴 수가."

"끔찍하죠." 안 데바레드가 웃으면서 수긍했다. "정말 대단한 고집쟁이예요. 지독한……"

"다시 쳐보렴." 선생이 말했다.

아이는 다시 치지 않았다.

"다시 하라고 하잖니."

그래도 아이는 한사코 꼼짝도 하지 않았다. 아이의 고집스러운 침묵 속에서 파도 소리가 다시금 밀려왔다. 수평선 너머로 막 넘어가려는 해가 하늘을 더욱더 붉게 물들였다.

"피아노 배우기 싫어요." 아이가 말했다.

그 건물 아래쪽 거리에서 울부짖는 여자 목소리가 울려

퍼졌다. 긴 비명 소리가 이어지더니 점점 커졌다. 파도 소리
까지도 그 찢어질 듯한 소리에 묻혀버렸다. 그러다가 비명
소리가 뚝 그쳤다.

"뭐지?" 아이가 소리를 질렀다.

"무슨 일이 일어났나 봐." 피아노 선생이 말했다.

파도 소리가 또다시 밀려왔다. 불그레한 석양빛이 엷어지
기 시작했다.

"아니야." 안 데바레드가 말했다. "아무 일도 아니란다."

그 여자는 의자에서 일어나 피아노 쪽으로 다가갔다.

"웬 호들갑이람." 못마땅한 눈길로 두 모자를 보며 선생이
말했다.

안 데바레드는 아들의 어깨를 잡고 아프도록 끌어안으며
거의 고함치듯 말했다.

"피아노를 배워야 해. 그래야 한다니까."

아이도 엄마와 같은 이유로 부들부들 떨고 있었다. 겁이
났던 것이다.

"난 피아노 싫은데." 아이가 들릴 듯 말 듯 중얼거렸다.

그때, 앞서의 비명에 뒤이어 다른 비명 소리, 잡다한 외침
들이 뒤섞인 아우성이 들려왔다. 그 소리는 벌어진 사건의
윤곽이 이미 드러났으며, 이제는 수습되고 있다는 것을 의
미했다. 어쨌든 피아노 레슨은 계속되고 있었다.

"피아노는 배워야 해." 안 데바레드가 말을 이었다. "그래

야 한다니까."

피아노 선생은 안이 아이에게 그토록 상냥하게 구는 게 못마땅해서 머리를 설레설레 흔들었다. 어스름한 땅거미가 바다에 깔리기 시작했다. 그리고 하늘이 서서히 빛을 잃어갔다. 서쪽 하늘만이 아직 불그스레했지만, 그것도 점점 스러져가고 있었다.

"왜 피아노를 배워야 하는데?" 아이가 물었다.

"음악은, 얘야……"

아이는 한참 동안이나 궁리를 해보아도 이해가 되지 않았지만, 결국 엄마 말을 듣기로 했다.

"좋아요, 피아노 칠게요. 그런데 누가 소리를 지른 거야?"

"어서 해라." 선생이 말했다.

아이는 피아노를 치기 시작했다. 창문 아래쪽 부둣가에 모여들기 시작한 구경꾼들의 웅성거림 위로 음악 소리가 퍼져나갔다.

"어찌 됐든 제법이죠." 안 데바레드가 기분 좋아하며 말했다.

"본인이 하려고만 든다면야……" 선생이 말했다.

아이는 주어진 소나티네를 끝까지 연주했다. 곧 아래쪽에서 들려오는 떠들썩한 소리가 방 안에까지 밀려 들어와 다른 소리를 삼켜버렸다.

"무슨 일이야?" 아이가 또다시 물었다.

"다시 쳐봐라." 피아노 선생이 말했다. "잊으면 안 돼, 모데라토 칸타빌레라는 걸. 널 재울 때 들려주던 자장가 곡조를 생각해봐."

"한 번도 저 애에게 노래를 불러준 적이 없는 걸요" 하고 안 데바레드는 계속 말했다. "오늘 저녁에는 노래를 불러달라고 하겠네요. 노래를 불러달라고 조르기 시작하면 해주지 않고는 못 배길 거예요."

피아노 선생은 안의 말을 귀담아듣는 것 같지 않았다. 아이는 디아벨리의 소나티네를 다시 연주하기 시작했다.

"내림 나장조라니까." 선생이 신경질적으로 말했다. "넌 꼭 그걸 잊어버리는구나."

점점 더 많이 모여드는 구경꾼들의 다급한 목소리가 저 아래 부두로부터 들려오고 있었다. 분명치는 않지만 모두 다 똑같은 이야기를 하는 것 같았다. 그 와중에도 소나티네 연주는 아무 탈 없이 계속되었다. 그런데 이번에는 피아노 선생이 중간에 끼어들었다. 더는 참을 수 없는 모양이었다.

"그만."

아이가 연주를 멈췄다. 선생은 안 데바레드 쪽으로 몸을 돌렸다.

"무슨 큰일이 난 게 분명해요."

세 사람은 부리나케 창문 쪽으로 달려갔다. 부두 왼편으로 피아노 학원에서 20여 미터쯤 떨어진 카페 문 앞에는 이미 사람들이 하나 가득 장사진을 이루고 있었다. 근처의 길이란 길에는 죄다 구경꾼들이 구름처럼 모여들어, 모두들 카페 안쪽을 기웃거리며 살피고 있었다.

"저런," 선생이 말했다. "이 동네는 왜 이 모양인지……" 그녀는 아이에게로 돌아서서 팔을 붙잡았다. "어디까지 했지, 아까 멈춘 데서부터 마지막으로 한 번만 더 해보자."

"무슨 일이죠?"

"소나티네에나 신경 쓰렴."

아이는 피아노를 쳤다. 그 애는 조금 전과 같은 리듬으로 피아노를 쳐나가다가, 레슨이 끝날 시간이 다가오자 배운 대로 소나티네의 음색에 변화를 주었다. 바로 '모데라토 칸타빌레'였다.

"저 애가 이렇게 고분고분 말을 잘 들으면, 전 좀 기분이 언짢아요." 안 데바레드가 말했다. "정말이지, 내 마음을 나도 모르겠어요. 제가 짊어져야 할 십자가인가 봐요."

그래도 아이는 열심히 제 할 일을 계속했다.

"아이를 어떻게 교육시키는 거죠? 데바레드 부인." 선생은 기분이 꽤 괜찮아져서 말했다.

그러자 아이가 연주를 중단했다.

"왜 멈추니?"

"그만하라는 줄 알고……"

아이는 시키는 대로 소나티네 연주를 계속했다. 구경꾼들의 웅성거리는 소리가 점점 커졌다. 그들이 있는 건물 위층에서도 음악 소리가 그 야단법석에 묻혀버릴 지경이었다.

"내림 나장조라는 걸 절대 잊어버리면 안 된다." 선생이 말했다. "그것만 조심하면 완벽해, 알겠지."

소나티네 멜로디가 흘러나와 절정에 이르더니, 마지막으로 한 번 더 화음을 이루었다. 이제 시간이 다 되었다. 피아노 선생은 오늘 수업은 이것으로 마치겠다고 선언했다.

"얘 때문에 속상하실 일이 많겠어요." 선생이 말했다. "말씀드리지 않을 수가 없군요."

"벌써 당하고 있답니다. 저 애 때문에 맘 편할 날이 없으니까요."

안 데바레드는 고개를 숙였다. 끝날 것 같지 않던 출산의 고통과 엄마가 된다는 뿌듯함이 엇갈리는 미소 속에서 두 눈이 감겼다. 아래에서는 외치는 소리, 그리고 이제는 제법 분명하게 들리는 부르는 소리 따위가 그 알 수 없는 어떤 사건이 종료되었음을 알려주었다.

"내일이면 무슨 일이 일어난 건지 확실하게 알 수 있겠지." 피아노 선생이 말했다.

아이는 쪼르르 창문 쪽으로 달려갔다.

"차들이 막 와요." 아이가 말했다.

구경꾼들이 카페 입구를 양편에서 완전히 가로막고 있는 데다가, 좀 전보다는 줄었지만 여전히 사람들이 근처의 거리에서 몰려들고 있었다. 생각보다 엄청난 군중이었다. 도시가 그만큼 팽창해 있었던 것이다. 사람들이 양편으로 갈라져 비켜서자, 그 사이로 검은 호송차 한 대가 지나갈 만한 길이 트였다. 세 사람이 차에서 내려 카페 안으로 사라졌다.

"경찰이야." 누군가가 말했다.

안 데바레드는 무슨 일이 일어났는지 사람들에게 물어보았다.

"누군가가 살해당했어요. 어떤 여자가요."

안은 아이를 지로 선생네 현관 앞에 남겨두고는, 카페 앞에 장사진을 이루고 있는 사람들 한가운데로 비집고 들어가 대열의 맨 앞줄에 끼어들었다. 구경꾼들은 열린 창을 따라 죽 늘어선 채, 눈앞에 펼쳐진 광경에 놀라 얼어붙은 듯 그저 바라만 보고 있었을 뿐이다. 카페 안쪽, 어두컴컴한 홀 뒤쪽에는 한 여자가 바닥에 쓰러져 꼼짝 않고 있었다. 한 남자가 여자 위에 엎드려 어깨를 붙잡고는 조용조용 그 여자를 부르고 있었다.

"내 사랑, 내 사랑."

남자는 구경꾼들 쪽으로 몸을 돌려, 물끄러미 그들을 바라보았다. 그 남자의 눈빛이 드러났다. 표정 하나 없는 그 눈에는, 오직 욕망의 흔적만이 세상사와 동떨어져 마치 번개의 섬광으로 각인된 듯 선명히 드러나 있었다. 경찰이 들어왔다. 카페 여주인은 바 옆에 버티고 서서 그들이 어떻게 할지 기다리고 있었다. "세 번씩이나 당신들을 불렀어요."

"가엾은 여자야, 안됐어"라고 말하는 소리가 들렸다.

"어째서요?" 안 데바레드가 물었다.

"그야 알 수 없지만 말이오."

남자는 쓰러져 있는 여자에게 달려들더니 거의 광란 상태로 몸부림쳤다. 수사관 한 사람이 그의 팔을 잡아 일으켜 세웠다. 그는 수사관이 이끄는 대로 몸을 맡겼다. 체면이고 뭐고 전혀 찾아볼 수 없는 모습이었다. 그 남자는 여전히 모든 세상사를 벗어난 듯한 텅 빈 눈길로 수사관을 뚫어져라 바라보았다. 수사관은 그를 붙들었던 손을 놓고, 호주머니에서 수첩과 연필을 꺼낸 다음 신원을 묻고 대답을 기다렸다.

"그러실 필요 없습니다. 지금은 대답하고 싶지 않으니까요." 남자가 말했다.

수사관은 더 이상 캐묻지 않고, 홀 뒤쪽 가장 구석 테이블에서 카페 여주인을 심문하고 있는 동료들에게로 가버렸다.

남자는 죽은 여인 곁에 앉아 머리카락을 쓰다듬으며 그녀를 향해 미소를 지었다. 어깨에 사진기를 둘러멘 한 젊은이가 카페 입구로 달려와, 그렇게 주저앉아 미소 짓고 있는 남자를 향해 셔터를 눌렀다. 사진기의 플래시가 터지는 순간 두 사람의 모습이 고스란히 드러났다. 아직 젊은 여자였다. 입에서 나온 피가 가느다란 선을 그리면서 여러 가닥 흘러내렸고, 여자를 애무한 남자의 얼굴에도 피가 묻어 있었다.

구경꾼들 가운데서 누군가가 이렇게 말했다.

"정말 소름이 끼치는군." 그리고 그 자리를 떠나버렸다.

남자는 또다시 죽은 여인 곁에 누웠지만 이번에는 잠깐뿐이었다. 그러고는 이젠 그렇게 하는 것에 질렸다는 듯 다시 일어났다.

"저 사람 도망치지 못하게 하세요" 하고 카페 여주인이 소리쳤다.

하지만 남자는 죽은 여인과 나란히 좀더 가까이 눕기 위해 일어났을 뿐이다. 겉으로 보기에는 조용했지만, 굳게 결심한 듯 두 팔로 여자를 끌어안고 그녀의 얼굴에 자기 얼굴을 맞댄 채 입에서 흘러나온 피에 범벅이 되어 그렇게 누워 있었다.

수사관들은 카페 여주인이 불러주는 상황을 받아 적고 나더니, 세 사람 다 한결같이 이따위의 사건에는 신물이 난다는 표정을 지으면서 느릿느릿 걸어와 그 남자 앞에 나란히 섰다.

지로 선생네 현관 아래 얌전히 앉아 있던 아이는 그 사건을 잠시 잊고 있었다. 그 아이는 디아벨리의 소나티네 곡조를 흥얼거리고 있었다.

"아무 일도 아니었어." 안 데바레드가 말했다. "이제 집에 가자."

아이는 엄마를 따라갔다. 경찰의 지원 인력이 도착했다 ─

너무 늦게 온 데다 올 까닭도 별로 없어진 상황이었다. 그들이 카페 앞을 지날 때 문제의 남자가 수사관들에게 에워싸인 채 밖으로 나왔다. 사람들은 말없이 길을 비켜주었다.

"비명을 지른 건 저 아저씨가 아니야." 아이가 말했다. "저 사람은 소리를 안 질렀어."

"그래, 저 사람이 아니란다. 쳐다보지 말아라."

"왜 안 되는데."

"글쎄, 보는 게 아니라니까."

남자는 순순히 호송차로 걸어갔다. 하지만 호송차에 이르자 소리도 없이 발버둥을 쳐서 수사관들 손을 뿌리치고 왔던 길을 거슬러 다시 카페를 향해 전속력으로 달려갔다. 그가 카페에 거의 다다랐을 때 불이 꺼졌다. 그러자 그는 있는 힘을 다해 달려오던 걸음을 멈추고 다시 수사관들을 따라 되돌아가 호송차에 올랐다. 아마도 그는 울고 있었을 것이다. 그러나 어둠이 깔린 지 한참이 지난 터라 피로 얼룩진 채 경련을 일으키고 있는 그의 일그러진 얼굴은 보이지 않았고, 눈물이 흐르는지 어쩐지도 알 수가 없었다.

라메르가街에 이르렀을 때 "어쨌든 이번엔 잘 기억해둬" 하고 안 데바레드가 말했다. "모데라토, 그건 '보통 빠르기로'라는 뜻이고, 칸타빌레는 '노래하듯이'라는 뜻이란다. 쉽지?"

2

다음 날이었다. 도시 반대편 구역에 있는 모든 공장은 아직 연기를 내뿜고 있었지만, 매주 금요일마다 그들이 이 거리에 오곤 하던 시각은 이미 지나 있었다.

"자, 어서 가자." 안 데바레드가 아이에게 말했다.

그들은 라메르가를 따라 걸었다. 벌써 사람들이 한가롭게 산책을 하고 있었다. 수영을 하는 사람들도 더러 눈에 띄었다.

아이는 매일같이 엄마와 함께 그 도시를 돌아다니는 데 익숙해져 있었기 때문에, 여자는 아이를 어디든지 데려갈 수가 있었다. 그런데 첫번째 방파제를 지나 두번째 예인선 둑에 이르자 아이는 겁을 먹었다. 그 위쪽에 피아노를 가르치는 지로 선생님이 살고 있었던 것이다.

"거긴 왜 또 가는 거야?"

"안 될 게 뭐 있니?" 안 데바레드가 말했다. "오늘은 그냥 산책만 할 거야. 어서 가자. 거기든, 어디든."

아이는 군소리 없이 그냥 엄마를 따라갔다.

그 여자는 곧장 바로 갔다. 손님이라고는 신문을 보고 있는 남자 한 사람뿐이었다.

"포도주 한 잔이요." 그 여자가 주문을 했다.

그녀의 목소리는 떨고 있었다. 카페 여주인은 깜짝 놀랐지만 곧 침착해졌다.

"아이한테는 뭘 줄까요?"

"됐어요. 아무것도 필요 없어요."

"비명 소리가 났던 게 바로 저기야, 생각나." 아이가 말했다.

아이는 해가 비치고 있는 문 쪽으로 걸어가 계단을 내려가더니 보도 쪽으로 사라져버렸다.

"날씨가 참 좋죠." 카페 여주인이 말했다.

카페 여주인은 이 여인이 떨고 있다는 것을 알아차리고, 똑바로 쳐다보지 않으려고 눈길을 돌렸다.

"목이 타서요." 안 데바레드가 말했다.

"이제 더위가 시작되고 있잖아요, 그래서 그래요."

"그러면 한 잔 더 달라고 해도 되겠네요."

잔을 움켜쥔 손이 쉴 새 없이 떨리는 것을 보고, 카페 여주인은 알아차렸다. 이 여인이 자신의 궁금증을 풀어줄 자초지종을 쉽사리 털어놓진 않겠지만, 일단 저러한 흥분이 가라앉으면 자진해서 입을 열리라는 것을 말이다.

그것은 생각보다 빨랐다. 안 데바레드는 두번째 잔을 단숨에 비웠다.

"그저 지나가는 길이었어요." 여자가 말했다.

"산책하기 좋은 날씨죠." 카페 여주인이 대꾸했다.

아까 그 남자는 신문 보는 것을 벌써 그만두었다.

"어제 바로 이 시간에 저는 지로 선생님 댁에 있었어요."

떨리는 손이 진정되었다. 얼굴에는 품위가 엿보이는 침착한 표정이 떠올랐다.

"전 당신이 누군지 알아요."

"살인 사건이었어요." 남자가 말했다.

안 데바레드는 거짓말을 했다.

"알아요…… 그렇지 않나 생각했죠."

"당연하죠."

"맞아요." 카페 여주인이 끼어들었다. "오늘 아침까지도 사람들이 줄을 이었다니까요."

아이가 보도 위에서 한 발로 깡충거리며 지나갔다.

"우리 아이가 지로 선생님께 피아노 레슨을 받거든요."

술기운 덕분인지 떨리는 목소리도 진정되고, 안도의 미소가 천천히 두 눈 가득 번졌다.

"아이가 엄마를 닮았네요." 카페 여주인이 말했다.

"그렇다고들 해요"—미소가 더욱 분명하게 떠올랐다.

"눈이 닮았어요."

"잘 모르겠어요." 안 데바레드가 말했다. "그래요…… 아이하고 산책을 하다가 오늘 여기에 와볼 기회다 싶은 생각

23

이 들지 뭐예요. 그래서……"

"살인 사건입니다. 맞아요."

안 데바레드는 다시 한번 거짓말을 했다.

"어머, 몰랐어요."

예인선 한 척이 둑을 빠져나와, 규칙적인 모터 소리와 함께 열기를 뿜으며 바다로 나아갔다. 배가 출발하는 동안 아이는 보도에 꼼짝도 하지 않고 서 있더니, 이윽고 제 엄마에게로 돌아왔다.

"저 배는 어디로 가는 거야?"

그 여자는 모른다고 말했다. 아이는 다시 밖으로 나가버렸다. 그녀는 자기 앞에 놓인 빈 잔을 들어 마시려고 하다가 실수임을 깨닫고 잔을 바에 내려놓았다. 그리고 눈을 내리깐 채 잔을 채워주기를 기다렸다. 그때 남자가 다가왔다.

"괜찮으시다면 제가 한 잔 권해도 될까요?"

여자는 놀라지 않았다. 놀라지 않는 게 오히려 당황스러웠다.

"이러는 게 익숙하지가 않아서요."

그는 포도주를 주문하고 한 발짝 더 여자에게 다가갔다.

"그 비명 소리 정말 대단했어요. 그러니 무슨 일인지 알려고 드는 게 너무나 당연하죠. 저 역시 궁금해서 도저히 견딜수가 없었답니다."

여자는 앞에 놓인 포도주를 마셨다. 석 잔째였다.

"제가 알고 있는 건, 그 남자가 여자의 가슴에 총 한 발을 쏘았다는 겁니다."

손님이 두 명 들어왔다. 그들은 바에 있는 여자가 누군지를 알아보고는 깜짝 놀랐다.

"물론 왜 쏘았는지는 알 수 없겠죠?"

여자는 술 마시는 것에 익숙지 않을 뿐만 아니라 보통 이 시간에는 전혀 다른 일에 여념이 없을 것임이 분명했다.

"왜 그랬는지를 말씀드릴 수 있다면 정말 좋겠지요. 하지만 저도 확실한 건 모릅니다."

"그걸 아는 사람이 아무도 없을까요?"

"그 남자는 알지요. 하지만 지금은 미쳐버린 데다가 어제 저녁부터 갇혀 있어요. 그리고 그 여자는 죽었죠."

아이가 바깥에서 불쑥 나타나, 마음 놓고 어리광을 부리며 엄마에게 찰싹 달라붙었다. 그 여자는 무심하게 아이의 머리를 쓰다듬었다. 남자는 그들을 유심히 바라보았다.

"그 사람들은 서로 사랑하고 있었어요." 그가 말했다.

그 여자는 소스라치게 놀랐지만, 눈에 띄게 티를 내지는 않았다.

"엄마, 그럼 이젠 알아, 왜 그렇게 비명을 질렀는지?"

그 여자는 대답 대신 고개를 가로저었다. 아이가 다시 문 쪽으로 가버리자 여자의 시선이 아이를 따라갔다.

"그 남자는 병기창에서 일했어요. 여자요? 그 여자에 대해선 모르겠어요."

그녀가 그를 향해 몸을 돌려 다가왔다.

"그들 사이엔 문제가 좀 있었나 봐요. 왜 있잖아요, 흔히들 사랑의 갈등이라고 부르는……"

손님들은 가버렸다. 이야기를 들은 카페 여주인이 바 끝으로 왔다.

"애가 셋인 유부녀였다죠. 게다가 주정뱅이였으니 뻔한 일 아니겠어요?"

"그렇지만 있을 수 있는 일 아닌가요?" 한참 뒤에 안 데바레드가 되물었다.

남자는 그 말에 동의하지 않았다. 여자는 당황했다. 금세 손이 또다시 떨리기 시작했다.

"사실은 저도 몰라요……" 여자가 말했다.

"안 될 일이죠. 그렇지 않아요?" 카페 여주인이 나섰다. "전 원래 남의 일에 끼어드는 걸 좋아하지 않아요."

손님 세 사람이 새로 들어왔다. 카페 여주인이 그쪽으로 가버렸다.

"어찌 됐든 저도 그렇게 생각합니다." 남자가 웃으면서 말했다. "그들은, 그래요, 당신 말대로 사랑의 갈등이 있었던 것 같아요. 하지만 그것 때문에 여자를 죽인 건 아닐 겁니다. 그걸 누가 알겠습니까?"

"정말이지, 누가 알겠어요."

손이 무의식적으로 잔을 찾았다. 그는 카페 여주인에게 포도주를 더 달라는 손짓을 했다. 안 데바레드는 사양하지 않았다. 오히려 그러기를 기다렸던 것처럼 보였다.

"그가 여자에게 한 행동을 보면" 하고 여자는 가만가만 말을 이었다. "그다음부터는 여자가 살았든 죽었든 별 상관이 없게 된 건 아닐까요? 절망 때문이 아니고서야…… 다른 무슨 이유로 그렇게…… 될 수 있겠어요?"

남자는 주춤거리더니 여자를 정면으로 바라보면서 단호한 어조로 말했다.

"모르겠습니다."

그가 여자에게 자기 잔을 내밀자 그녀는 받아 마셨다. 그는 여자가 친숙하고 편안하게 느낄 만한 화제로 말머리를 돌렸다.

"시내를 자주 산책하시더군요."

그 여자가 포도주를 한 모금 삼키자 다시금 얼굴에 미소가 떠올랐다. 하지만 금세 조금 전보다 훨씬 더 얼굴이 어두워졌다. 서서히 취기가 올라오고 있었다.

"그래요, 날마다 아이를 데리고 산책을 하죠."

그는 줄곧 카페 여주인에게 신경을 쓰고 있었다. 그녀는 손님 세 사람과 잡담을 하고 있었다. 토요일이라서 모두들 한가한 모양이었다.

"하지만 손바닥만 한 이 도시에서도 날마다 무슨 사건인가가 일어납니다, 잘 아시겠지만……"

"알아요, 그렇지만 어떤 날엔…… 훨씬 더 깜짝 놀랄 일이
벌어지죠" 하더니 그 여자는 혼란스러워했다. "보통 때는 작
은 공원이나 해변에 간답니다."

언제나 그렇듯이 점점 퍼지는 술기운에 힘을 얻은 그 여자
는 자기 앞에 있는 이 남자를 똑바로 쳐다볼 용기가 생겼다.

"한참 됐죠, 부인께서 그 애를 데리고 산책을 시작한 게."

이런 이야기를 하면서도 연신 여자를 살피는 남자의 두 눈.

"부인께서 아이를 데리고 공원이나 해변을 산책하신 게
오래전부터의 일이라는 말씀입니다." 그가 되풀이했다.

그 여자는 신음 소리를 냈다. 미소는 사라졌다. 그 대신 뾰
로통한 표정이 역력히 드러났다.

"이렇게 많이 마시는 게 아닌데……"

토요 근무조의 작업 종료를 알리는 사이렌 소리가 울려
퍼졌다. 바로 그 뒤를 이어 참을 수 없을 정도로 시끄러운 라
디오 소리가 찢어질 듯 들려왔다.

"벌써 6시네" 하고 카페 여주인이 시간을 알려주었다.

그 여자는 라디오 볼륨을 낮추고, 바에 술잔을 죽 늘어놓
고 왔다 갔다 부산하게 저녁 손님 맞을 채비를 했다. 안 데바
레드는 자기 자신을 어떻게 해야 할지를 도저히 알 수 없는
모양인지, 한참 동안 말없이 멍하니 부두를 바라보았다. 아
직 멀리서이기는 하지만 항구에서 사람들이 분주하게 움직

이는 소리가 희미하게 들려오자, 남자는 다시 입을 열었다.

"부인께서 아이를 데리고 공원이나 해변을 산책하기 시작한 게 오래전부터라고 말씀드렸습니다."

"어제저녁 이후로 부쩍 더 많이 그 생각을 했답니다." 안데바레드가 말했다. "어제 우리 애가 피아노 레슨을 받은 다음부터 말이에요. 오늘도 글쎄 여기에 오지 않을 수 없었답니다."

첫 손님들이 들어왔다. 호기심 가득한 표정을 짓고 있는 그 사람들 틈을 뚫고 아이가 다가오자, 여자는 무의식적으로 아이를 끌어안았다.

"데바레드 부인이시죠. 라코트 제철무역회사 사모님이시고, 라메르가에 사시는……"

부두 저편에서 아까보다는 약하게 사이렌이 다시 한번 울렸다. 예인선이 들어왔다. 아이는 거칠게 엄마 품을 빠져나가 뛰어가버렸다.

"저 애는 피아노를 배운답니다." 그 여자가 말했다. "소질은 있는데, 통 하려고 들지를 않네요. 인정할 건 인정해야지요."

카페 안으로 들어오는 남자들이 자꾸 늘어나 거의 만원이 되자, 그는 사람들에게 자리를 내어주기 위해 여자 쪽으로 좀더 당겨 앉았다. 처음 들어왔던 손님들은 가버리고 다른 손님들이 또 들어왔다. 그 사람들이 오가는 틈 사이로, 바닷

속으로 떨어지고 있는 태양과 붉게 타고 있는 하늘, 그리고 부두 저편에서 혼자 놀고 있는 아이가 보였다. 이만큼 떨어진 곳에서 보아서는 무슨 놀이인지 분간할 수 없었지만 장애물을 뛰어넘는 시늉을 하고 있었다. 노래를 부르고 있는 것 같기도 했다.

"전 저 애에게 한꺼번에 바라는 게 너무 많아요. 그래서 어떻게 처신해야 할지, 어디서부터 시작해야 할지를 도무지 모르겠어요. 그저 서투르기만 해요. 돌아가야겠어요. 너무 늦었군요."

"저는 부인을 자주 보았어요. 그렇지만 부인께서 아이를 데리고 이런 곳까지 오는 날이 있으리라고는 상상도 못 했습니다."

카페 여주인은 방금 들어온 마지막 손님들을 위해서 라디오 볼륨을 조금 높였다. 안 데바레드가 바 쪽을 돌아보고 얼굴을 찡그렸지만, 어쩔 수 없다는 듯 그 시끄러운 소리를 무시하고 말했다.

"부모가 얼마나 간절히 자식의 행복을 원하는지 아마 모르실 거예요. 모든 게 가능하기나 한 것처럼 말이죠. 가끔은 애들과 떨어져 있는 게 나을지도 몰라요. 전 아직도 저 아이에 대해 이런저런 희망을 버리지 못하고 있답니다."

"부인께선 라메르가 끝에 아름다운 집을 가지고 계시죠. 울타리를 친 넓은 정원하며……"

그 여자는 당황하며 그를 바라보다가 침착함을 되찾았다.

"그런데 요즘은 피아노 레슨을 받아요. 전 저 애가 피아노를 배우는 게 얼마나 기쁜지 모른답니다." 그 여자가 자신 있게 말했다.

어둑어둑 땅거미가 내리자 무서워진 아이는 쫓기듯이 그들에게로 돌아왔다. 아이는 주위 사람들, 카페 손님들을 신기한 듯 하염없이 바라보았다. 남자는 안 데바레드에게 밖을 보라는 신호를 했다. 그는 미소를 지어 보였다.

"보세요." 그가 말했다. "해가 길어졌군요. 정말 길어졌어요……"

안 데바레드도 그걸 바라보고, 천천히 공을 들여 외투를 고쳐 입었다.

"저, 이 고장에서 일하세요?"

"이 고장에서요, 그렇습니다. 다시 오신다면 제가 좀더 자세히 알아보고 말씀드리겠습니다만."

그 여자는 눈을 내리깔았다. 살인 사건에 대한 기억이 되살아나는 모양인지 얼굴에서 핏기가 사라졌다.

"입가에 흐르는 피," 그 여자가 말했다. "남자는 여자를 끌어안고 입을 맞추었죠. 끌어안고서 말이에요."

그 여자는 말을 이어갔다. "당신이 말한 건 추측이었죠?"

"저는 아무 얘기도 안 했습니다."

고도가 낮아질 대로 낮아져 이제 막 넘어가려는 저녁 해가 그 남자의 얼굴에까지 비쳐들었다. 그는 바에 살짝 기대서서 벌써 아까부터 온몸으로 석양빛을 받고 있었다.

"그 끔찍한 장면을 보았다면 누구든지 그걸 떠올리지 않을 수 없을 거예요. 어쩔 수 없는 일 아니겠어요?"

"전 아무 얘기도 하지 않았습니다." 남자가 되풀이해서 말했다. "하지만 전 그 남자가 여자의 심장을 겨누었다고 생각해요. 여자가 시키는 대로 말입니다."

안 데바레드는 신음 소리를 냈다. 관능적인 느낌이 담긴 달콤한 흐느낌 같은 것이 새어 나왔다.

"이상한 일이네요. 집에 돌아가고 싶지 않으니……" 그 여자가 말했다.

그는 느닷없이 술잔을 들어 단숨에 마셔버리고는 아무 대답도 없이 여자에게서 눈길을 돌렸다.

"너무 마셨나 봐요." 여자가 말을 이었다. "그렇죠?"

"그렇군요." 남자가 대답했다.

카페는 거의 텅 비어 있었다. 새로 들어오는 손님도 별로 없었다. 이 시간이 되도록 거기서 지체하고 있는 두 사람에게 호기심이 발동한 카페 여주인은 컵을 씻으면서 연신 그들을 곁눈질하고 있었다. 출입문께로 돌아온 아이가 이제는 잠잠해진 부두를 응시하고 있었다. 출입문 쪽으로 등을 돌린 채 남자 앞에 서 있는 안 데바레드는 한참 전부터 말이 없었다. 그 남자는 여자가 거기 있다는 사실을 깨닫지 못하는 것 같았다.

"여기에 다시 오지 않을 수 없었을 거예요." 마침내 여자
가 입을 열었다.

"저 역시 부인과 같은 이유로 다시 왔습니다."

"저 부인을 시내에서 자주 본답니다." 카페 여주인이 말했
다. "꼬마를 데리고서 말이에요. 날씨가 화창한 계절에는 날
마다 보게 돼요."

"피아노 레슨 때문인가요?"

"일주일에 한 번, 금요일마다 레슨을 받아요. 바로 어제였
죠. 오늘은 그 일이 나올 구실이 되어준 거죠. 바로 그 사건
말이에요."

남자는 호주머니에 든 동전을 쩔렁거리며 앞에 보이는 부
두에 시선을 고정하고 있었다. 카페 여주인은 더 이상 말을
걸지 않았다.

방파제를 지나자 라메르가가 도시 끝까지 일직선으로 쭉
뻗어 있었다.

"고개를 들어보렴." 안 데바레드가 말했다. "엄마 좀 봐."

엄마의 그런 태도에 이골이 난 아이는 시키는 대로 따라
했다.

"어떤 때는 내가 널 상상으로 만들어낸 것 같아. 네가 진

짜 있는 게 아닌 것 같다니까. 알겠니?"

아이는 고개를 들고 엄마 앞에서 하품을 했다. 지는 해가 떨어뜨리는 마지막 노을이 아이의 입안 가득히 들어와 비쳤다. 아이를 바라볼 때마다 안 데바레드는 그 애를 처음 보았을 때 그대로의 놀라움을 아직도 생생하게 느끼곤 했었다. 하지만 그날 저녁에는 왠지 전보다 더 놀랍게만 여겨지는 것이었다.

3

아이는 등에 멘 조그만 책가방을 달그락거리며 철책을 밀
고 정원 입구에서 멈춰 섰다. 아이는 주위 잔디밭을 유심히
살펴보더니, 발소리에 날아가 버릴까 봐 새들에게서 눈을
떼지 못하면서 발끝으로 살금살금 걸음을 옮겼다. 바로 그
때 새 한 마리가 날아올랐다. 아이는 그 새가 옆집 정원 나무
에 앉을 때까지 잠시 눈으로 뒤를 좇더니, 너도밤나무 뒤에
가려진 어떤 창문 아래까지 죽 걸어갔다. 아이는 고개를 들
었다. 이 창문에는 날마다 이맘때면 미소를 보내는 사람이
있는 것이다. 오늘도 역시 미소를 짓고 있었다.

"어서 오렴." 안 데바레드가 큰 소리로 말했다. "산책하러
가자."

"바닷가로 갈 거야?"

"바닷가든, 어디든. 가자."

그들은 또다시 방파제를 향해 큰길을 따라갔다. 아이는 어
디로 가고 있는지 금세 알아차렸지만, 별로 놀라지 않았다.

"거긴 멀잖아." 아이가 투덜거렸지만, 이내 고개를 끄덕이

고는 콧노래를 부르기 시작했다.

　그들이 첫번째 둑을 지났을 때는 시간이 아직 일렀다. 앞에 펼쳐진 도시 남쪽 끝에서 제철소 굴뚝이 하늘을 향해 뿜어내는 시꺼먼 매연 줄기와 황갈색 연기 때문에 지평선이 보이지 않을 정도였다.

　한산한 시간대라서 카페는 적막했다. 그 남자 혼자 바 구석에 앉아 있었다. 카페 여주인은 안 데바레드가 들어오기가 무섭게 자리에서 일어나 다가왔다. 그 남자는 꼼짝도 하지 않았다.

　"뭐로 드릴까요?"

　"포도주 한 잔 주시겠어요?"

　그 여자는 기다렸다는 듯이 잔을 비웠다. 사흘 전보다 훨씬 더 심하게 떨고 있었다.

　"제가 또 와서 깜짝 놀라신 모양이죠?"

　"직업이 직업이니만큼……" 카페 여주인이 말했다.

　카페 여주인은 눈치채지 않게 남자를 곁눈질했다ー그 역시 창백해져 있었다ー그리고 다시 자리에 앉더니 생각이 바뀌었는지 한 바퀴 돌아앉아 조심스럽게 라디오를 켰다. 아이는 엄마를 벗어나 보도 쪽으로 가버렸다.

　"말씀드렸듯이 우리 아이가 지로 선생님께 피아노를 배우거든요. 그분을 아실 거예요."

　"압니다. 부인께서 일주일에 한 번 여길 지나가는 걸 봐온

지가 1년도 넘었는 걸요, 금요일이죠?"

"금요일마다, 맞아요. 한 잔 더 주시겠어요?"

아이는 같이 놀 친구를 찾아냈다. 두 아이는 바다 쪽으로 뻗은 방파제 끝에 꼼짝도 하지 않고 서서 큰 거룻배에서 모래 부리는 것을 바라보고 있었다. 안 데바레드는 두번째 잔을 반쯤 마셨다. 떨리는 두 손이 좀 진정되었다.

"늘 혼자인 아인데." 여자가 방파제 쪽을 바라보며 말했다.

카페 여주인은 빨간 뜨개질감을 다시 집어 들었다. 그 여자 말에 대구할 필요가 없다고 생각했다. 예인선 한 척이 가장자리까지 짐을 가득 싣고 또 항구에 들어왔다. 아이는 뭔지 알아들을 수 없는 소리를 질렀다. 그 남자가 안 데바레드에게로 다가왔다.

"앉으세요." 그가 말했다.

그 여자는 말없이 남자를 뒤따라갔다. 카페 여주인은 계속 뜨개질을 하면서 그 예인선을 뚫어지게 바라보고 있었다. 일이 언짢은 방향으로 돌아가고 있다고 제멋대로 생각하는 게 분명했다.

"저쪽입니다."

남자가 그녀에게 어떤 테이블을 가리켰다. 여자가 자리에 앉자 남자가 맞은편에 앉았다.

"고마워요." 여자가 들릴 듯 말 듯 말했다.

홀에는 초여름의 서늘한 땅거미가 깔리고 있었다.

"다시 왔어요. 이렇게."

바로 문밖에서 한 아이가 휘파람을 불었다. 그녀가 소스라치게 놀랐다.

"한 잔 더하셔도 괜찮으시겠지요?" 남자가 출입문 쪽을 주시하면서 말했다.

그가 포도주를 주문했다. 카페 여주인은 군소리 없이 주문을 받았다. 예측불허인 두 사람의 태도에 벌써 진력이 난 모양이었다. 안 데바레드는 의자에 등을 기대고 한숨을 돌렸다. 두려움이 사라졌다.

"이제 3일이 지났습니다." 남자가 말했다.

여자는 간신히 일어나 다시 포도주를 마셨다.

"맛이 좋아요." 그녀가 나지막이 말했다.

손은 더 이상 떨리지 않았다. 여자는 기댔던 몸을 일으켜 이제는 자신을 빤히 쳐다보고 있는 남자 쪽으로 살짝 다가갔다.

"지난번부터 궁금했는데, 저⋯⋯ 오늘은 일을 안 하시나요?"

"안 합니다. 지금은 시간이 좀 필요해서요."

여자는 수줍은 척 미소를 지어냈다.

"아무것도 하지 않는 시간 말인가요?"

"네, 아무것도요."

카페 여주인은 바 뒤 자기 자리에 얌전히 앉아 있었다. 안 데바레드가 나지막이 이야기를 꺼냈다.

"가정주부가 카페에 드나들 구실을 찾아내기란 여간 어려운 일이 아니랍니다. 그래도 전 핑곗거릴 찾아낼 수 있다고 생각했죠. 가령 목이 타서 포도주를 한잔하러 간다든가 하는……."

"좀더 알아내려고 애써보았습니다만, 아무것도 알 수가 없었습니다."

안 데바레드는 다시 한번 그 일을 기억해내느라 기운이 쭉 빠졌다.

"그건 아주 길고, 아주 큰 비명 소리였어요. 최고조에 달했을 때 뚝 그치고 말았지요." 여자가 말했다.

"그 여자는 죽어가고 있었습니다" 하고 남자가 말을 받았다. "그 비명은 그 남자가 보이지 않게 된 바로 그 순간에 멈췄을 겁니다."

손님이 한 사람 들어왔지만, 그들을 알아보지 못한 채 바에 팔꿈치를 괴고 앉았다.

"꼭 한 번, 맞아요, 꼭 한 번 저도 그 비슷하게 비명을 질렀던 적이 있는 것 같아요. 아마…… 그래요, 저 아이를 낳을 때였죠."

"그들은 우연히 어떤 카페에서 서로 알게 되었습니다. 바로 이 카페였는지도 모르죠. 두 사람 다 여길 드나들었으니까요. 그들은 서로 이런저런 이야기를 나누기 시작했습니다. 하지만 전 아무것도 모릅니다. 그때 몹시 고통스러웠나요? 저 아일 낳을 때 말입니다."

"얼마나 비명을 질러댔는지 몰라요."

여자는 기억을 떠올리며 미소를 짓더니, 별안간 모든 두려움을 떨쳐버린 듯 몸을 뒤로 젖혔다. 그는 테이블에 다가앉아 퉁명스럽게 말했다.

"얘기해보세요."

그녀는 고심 끝에 할 말을 찾아냈다.

"전 라메르가 가장 끝 집에 살아요. 시내 쪽에서 보면 제일 마지막 집이죠. 모래언덕 못미처서요."

"철책 왼쪽 모퉁이에 있는 목련꽃이 한창 만발했더군요."

"그래요, 해마다 이맘때면 목련꽃이 정말 대단해요. 꿈에서도 나타날 정도죠. 그런 다음 날이면 하루 종일 앓아눕는답니다. 창문을 닫아보기도 하지만 견딜 수 없을 지경이니까요."

"부인께서 시집온 집이 바로 그 집이죠? 지금부터 10년 전에 말입니다."

"거기예요. 제 침실은 바다가 바라다보이는 2층 왼쪽에 있답니다. 지난번 제게 이렇게 말씀하셨죠? 그 남자가 여자를 살해한 것은 그녀가 원했기 때문이라고, 말하자면 그 여자 뜻을 따른 거라고 말이에요."

그는 이 말에 대답하지 않고 머뭇거리더니, 나중에는 여자의 어깨선에 눈길을 주면서 시간을 끌었다.

"요즘 같은 계절에 창문을 닫으면," 그가 말했다. "더워서 잠을 잘 못 이룰 텐데요."

안 데바레드는 이 말이 대놓고 노리는 것 이상으로 심각해졌다.

"목련꽃 향기가 얼마나 진한지 모르실 거예요."

"압니다."

그는 여자의 오른쪽 어깨선에서 시선을 거두어 다른 쪽을 바라보았다.

"2층에는 긴 복도가 있지요? 대단히 긴 복도 말입니다. 다른 식구들과 함께 쓰는 복도지요. 그래서 함께 살면서도 서로 격리되어 있는 것 아닙니까?"

"그런 복도가 있지요." 안 데바레드가 말했다. "말씀하신 그대로예요. 그건 그렇고, 제발 말씀해보세요. 어떻게 해서 그 여자는 자신이 남자에게 원하는 게 바로 그거라는 걸 알아낼 수 있었는지 말이에요. 어떻게 자신이 그에게서 뭘 갈망하는지를 그토록 확실하게 알았을까요?"

그는 좀 사나워진 눈초리로 여자의 눈을 응시했다.

"제 생각엔 어느 날," 그가 말했다. "어느 날 새벽, 여자는 그에게 간절히 원하는 게 무엇인지를 갑자기 깨달았습니다. 자신의 욕망이 어떤 것인지를 그 남자에게 말할 수 있을 만큼 모든 게 분명해졌단 말입니다. 그런 걸 알게 되었을 땐 구구한 설명이 필요 없는 법이라고 생각합니다."

밖에서는 아이들의 조용한 놀이가 계속되고 있었다. 두번째 예인선이 부두에 들어와 있었다. 카페 여주인은 배에서 나는 모터 소리가 잠잠해진 틈을 타, 일부러 들으라는 듯이 바 밑에 있는 물건들을 달그락거리며 시간이 한참 지났음을 일깨워주었다.

"부인 침실로 가려면 말씀하신 그 긴 복도를 지나가야 하지요?"

"그 복도를 통해 가죠."

아이가 쏜살같이 뛰어 들어와 고개를 뒤로 젖혀 제 엄마 어깨에 기댔다. 여자는 아이의 이런 행동에 신경을 쓰지 않았다.

"아, 정말 재밌어" 하더니 아이는 다시 달아나버렸다.

"저 애가 벌써 다 자랐다면 얼마나 좋을까 하고 생각한답니다. 말씀드리는 걸 잊었네요." 안 데바레드가 말했다.

그가 잔을 내밀어 술을 권하자, 여자는 기다렸다는 듯이 잔을 비웠다.

"그런데 말입니다." 그가 말했다. "그 남자는 여자에게 물어보지 않고도 언젠가는 자기 스스로 그렇게 하지 않았을까 하는 생각이 들기도 해요. 남자에게 바라는 게 무엇인지를 알아낸 사람이 그녀 혼자만은 아니었다 이겁니다."

여자는 성가실 만큼 집요하게 사건의 시초를 캐물었다.

"처음 얘기를 해주었으면 해요. 그들이 어떻게 서로 말을 주고받기 시작했는지 말이에요. 어느 카페에서였다고 했는데……"

두 아이는 여전히 방파제 끝에서 맴돌며 놀고 있었다.

"시간이 별로 없습니다." 그가 말했다. "15분 후면 공장 일이 끝납니다. 그렇습니다. 그들이 서로 말을 주고받기 시작한 건 다른 곳이 아니라면 어떤 카페에서였다고 생각해요. 정치 상황이나 전쟁 위험, 아니면 우리가 전혀 상상할 수 없는 무슨 다른 이야기를 나누었겠죠. 중대한 것에 대한 이야기건 사소한 것에 대한 이야기건 간에 말입니다. 라메르가의 댁으로 돌아가기 전에 한 잔 더 할 수 있지 않을까요."

카페 여주인은 이번에도 말없이 술을 따라주었다. 좀 화가 난 것 같기도 했다. 하지만 그들은 개의치 않았다.

"그 긴 복도 끝에는"—안 데바레드가 침착하게 이야기를 꺼냈다—"큰길이 내려다보이는 커다란 전망창이 있어요. 바람이 정면에서 그 유리창을 후려치죠. 지난해에는 폭풍우가 몰아칠 때 유리가 깨지기까지 했답니다. 한밤중이었어요."

그 여자는 몸을 젖혀 의자에 기대고는 미소를 지었다.

"바로 이 도시에서 그런 일이 벌어지다니…… 아무리 생각해도 정말 믿을 수 없는 일이에요!"

"한낱 작은 도시죠. 맞습니다. 고작해야 공장 세 개 규모니까요."

홀 안쪽 벽이 석양빛을 받아 환해졌다. 짝을 이룬 두 사람의 그림자가 벽 한가운데서 검게 너울거렸다.

"그 일이 있기 전 그들은 오랜 시간 이야기를 하고 또 했지요." 안 데바레드가 말했다.

"그렇게 되기까지, 맞아요. 그들은 많은 시간을 함께 보냈을 겁니다. 말씀해보세요."

"더 이상은 모르는 걸요." 그 여자가 실토했다.

그는 용기를 북돋워주는 미소를 지었다.

"그거야 아무려면 어떻겠어요?"

그 여자는 애를 써가며 아주 느릿느릿 열심히 이야기를 계속했다.

"아까 말한 그 집은 좀 제멋대로 지어진 것 같기도 해요. 무슨 뜻인지 아시겠죠. 그래도 어떤 면에서는 편리하게 되어 있어서 모두들 만족하는 것 같아요."

"아래층에는 살롱이 있어요. 해마다 5월 말경이면 제철소 직원들을 위한 파티가 열리는 곳이죠."

사이렌이 우렁차게 울렸다. 카페 여주인은 의자에서 일어나 빨간 뜨개질감을 치워놓고, 찬물을 틀어 요란하게 컵을 씻어댔다.

"부인께선 목선이 깊게 파인 검은 드레스를 입고 계셨죠. 상냥하지만 무심한 눈길로 우리를 바라보더군요. 날이 더웠어요."

그 여자는 놀라지 않았다. 짐짓 속임수를 쓰는 것이었다.

"올봄은 유난히 아름답네요." 안 데바레드가 말했다. "모두들 벌써부터 날씨 얘길 하고 있어요. 어쨌든 그걸 거론한 게, 대담하게도 그 얘길 꺼낸 게 여자라고 생각하지 않으세요? 그리고 두 사람은 다른 일처럼 그 일에 대해서도 이야기를 나누었다고 말이에요."

"저도 부인이 아는 것 말고는 아는 게 없습니다. 두 사람이 그 이야길 꼭 한 번 했는지, 날마다 했는지 우리가 그걸 어떻게 알겠어요? 하지만 사흘 전 그들이 처해 있던 상황에 대해서는 분명히 둘이서 완벽하게 의견 일치를 보았을 겁니다. 두 사람 다 자기들이 무슨 짓을 하고 있는지를 전혀 모르는 채로 말입니다."

그는 손을 들어 테이블 위 그녀의 손 가까이에 내려놓고 그대로 있었다. 여자는 자신들의 두 손이 처음으로 나란히 놓여 있음을 깨달았다.

"또 과음을 하고 말았군요." 여자가 한숨지었다.

"부인께서 말한 그 긴 복도에는 이따금 아주 늦게까지 불이 켜져 있더군요."

"제가 잠을 이루지 못하는 날이 있거든요."

"왜 복도에까지 불을 켜두는 겁니까? 부인 침실에만 불을 켜두면 될 텐데."

"제 습관이 그래요. 정확한 이유는 모르겠지만."

"아무 일도 일어나지 않아요, 전혀. 밤에는 말입니다."

"그렇지 않아요. 다른 방문 뒤에선 제 아이가 자고 있는 걸요."

그 여자는 팔을 테이블 쪽으로 끌어당기더니, 추운 듯 어깨를 움츠리며 윗옷을 고쳐 입었다.

"이젠 돌아가야겠어요. 너무 늦었어요."

그는 손을 들어 좀더 있다 가라는 시늉을 했다. 여자는 그대로 눌러앉았다.

"이른 아침 동이 트면, 부인께선 큰 유리창 너머로 바깥을 내다보겠지요."

"여름철엔 6시경부터 병기창 노동자들이 지나가기 시작해요. 겨울철엔 대부분 버스를 타죠. 바람도 불고 추우니까요. 차를 타면 15분밖에 안 걸리거든요."

"밤에는 지나가는 사람이 하나도 없습니까?"

"가끔 있어요. 자전거 한 대가 지나가면 어디서 오는 걸까 궁금해지죠. 그 남자가 미쳐버린 건 자기가 여자를 죽인 게, 그 여자가 죽은 게 괴로워서일까요, 아니면 애초부터 그 고통 말고도 보통 사람은 알 수 없는 또 다른 어떤 이유가 있어서일까요?"

"그 고통에다가 다른 어떤 게 보태진 것이 분명합니다. 우리가 아직 모르는 어떤 일 말입니다."

46

그 여자는 몸을 일으켰다. 누가 일으키듯이 천천히 자리에서 일어나, 한 번 더 윗옷의 매무시를 고쳤다. 그는 여자를 거들어주지 않았다. 그녀는 아직 자리에 앉아 있는 남자 앞에 말없이 서 있었다. 첫 손님들이 들어왔다가 깜짝 놀라 카페 여주인에게 어찌 된 일이냐고 눈짓으로 물었다. 여주인은 어깨를 가볍게 추썩이면서 자기도 영문을 모르겠다는 시늉을 했다.

"다시는 여기 오지 않으시겠지요."

이번에는 남자가 일어나 우뚝 섰다. 그때 안 데바레드는 그가 아직 젊다는 것을, 어린아이의 눈처럼 맑은 그의 두 눈에서 석양빛이 춤추고 있는 것을 분명히 알아차렸을 것이다. 그 여자는 시선 너머 그 푸른 눈동자를 유심히 들여다보았다.

"이제 다시는 못 올 거라고 생각한 적은 없어요."

그는 마지막으로 한 번 더 여자를 붙잡았다.

"부인께선 종종 병기창으로 가는 남자들을 바라보시죠. 특히 여름철에 말입니다. 또 밤에 잠을 이루지 못할 때면 그들의 모습이 떠오르기도 하고요."

"좀 일찍 잠을 깨면" 하고 안 데바레드가 털어놓았다. "전 그들을 바라보죠. 또 어떤 때는, 그래요, 밤이면 그들 중 한두 사람이 떠오른 적도 있어요."

그들이 헤어질 때 다른 남자들이 부두에 도착했다. 남자들은 병기창보다 더 멀리 있는 라코트 제철소에서 오는 것 같았다. 사흘 전보다 날이 환했다. 다시 푸르러진 하늘에는 갈매기들이 날고 있었다.

"정말 재밌게 놀았어." 아이가 말해주었다.

그 여자는 첫번째 방파제를 지날 때까지 아이가 오늘 논 이야기를 하도록 내버려 두었다. 거기서부터 시작된 라메르 가는 커브 하나 없이 쭉 뻗어 모래언덕에서 끝나고 있었다. 아이는 안달이 났다.

"엄마 왜 그래?"

땅거미가 지면서 산들바람이 도시를 쓸어가기 시작했다. 그 여자는 추웠다.

"글쎄 모르겠어. 춥구나."

아이는 엄마 손을 끌어다가 손가락을 펼쳐 야무지게 제 손을 집어넣었다. 아이 손이 엄마 손안에 쏘옥 들어갔다. 안 데바레드는 거의 외치듯이 말했다.

"오, 내 사랑."

"엄마 이제 날마다 그 카페에 다녀?"

"두 번 갔을 뿐인걸."

"그런데 거기 또 갈 거야?"

"그럴 것 같아."

접이의자를 손에 들고 집으로 돌아가는 사람들과 마주쳤

다. 바람이 정면에서 사정없이 불어왔다.

"엄마, 뭐 사줘."

"모터 달린 빨간 배를 사줄까, 어떠니?"

아이는 그걸 갖게 될 때를 혼자 상상하고는 만족스러운 한숨을 쉬었다.

"그래, 모터 달린 큰 배를 사줄게. 어때, 마음에 들지?"

그 여자는 앞으로 달려 나가려는 아이 어깨를 붙들었다.

"많이 자랐구나. 오, 정말 많이 컸어. 엄만 그래서 기쁘단다."

4

그다음 날에도 안 데바레드는 아이를 항구까지 데리고 갔다. 전날보다 좀 선선한 느낌은 있었지만 여전히 화창한 날씨가 계속되고 있었다. 맑은 하늘이 더 자주, 더 오랫동안 모습을 드러내고 있었다. 이처럼 때 이른 화창한 날씨가 시중의 이야깃거리였다. 예년과는 달리 이렇게 오래 지속되는 좋은 날씨가 내일이라도 갑자기 흐려지는 게 아닌가 걱정하는 사람들도 있었다. 또 어떤 사람들은 도시 위로 불어오는 상쾌한 바람 덕분에 잠시도 구름 낄 틈 없이 맑은 하늘이 계속되는 거라고 주장하면서 마음을 놓고 있었다.

이런 날씨 속에서 안 데바레드는 바람을 맞으며 첫번째 방파제와 모래 운반선 둑을 지나 항구에 도착했다. 거기서부터 넓은 공장 지대 쪽으로 도시가 형성되어 있었다. 그 여자는 이번에도 바에서 걸음을 멈추었다. 그동안의 만남에서 이루어진 의식에 따라 본능적으로 이끌리듯 여기에 온 모양이었다. 남자는 벌써 와 홀에서 여자를 기다리고 있었다. 여자는 여전히 두려움에 떨며 포도주를 청했다. 바 뒤에서 빨간 털실로 뜨개질을 하고 있던 카페 여주인은, 안이 도착한 지 한참이 지나서야 두 사람이 서로에게 다가갔으며, 상대가 온 것을 전혀 눈치채지 못하는 상태가 그 전날보다 오래 지속되고 있다는 것을 알아차렸다. 아이가 새로 사귄 친구를 다시 만난 뒤까지 그런 상태가 계속되었다는 것도.

"한 잔 더 주시겠어요." 안 데바레드가 청했다.

못마땅하다는 듯이 술이 왔다. 그렇지만 남자가 자리에서 일어나 여자에게 다가가 그녀를 어둑한 홀 뒤쪽으로 데리고 갔을 때, 여자의 떨리는 손은 이미 진정되어 있었다. 늘 창백한 얼굴에도 화색이 돌고 있었다.

"집에서 이렇게 멀리 나오는 게 습관이 안 돼서요" 하고 그녀가 변명을 했다. "하지만 두렵진 않아요. 오히려 놀라움, 놀라움 같은 게 아닌가 싶어요."

"두려움일 수도 있을 겁니다. 시내 사람들 모두가 곧 당신의 행동을 알게 될 테니까요. 뭐든지 그런 식으로 알려지죠." 남자가 웃으면서 덧붙였다.

밖에서는 아이가 좋아서 어쩔 줄 모르며 탄성을 질렀다. 예인선 두 척이 나란히 둑으로 들어오고 있었기 때문이다. 안 데바레드는 미소를 지었다.

"제가 당신과 함께 술을 마신다고들 하겠죠." 여자는 말을 멈췄다 — 갑자기 웃음이 터져 나왔다. "오늘은 왜 이렇게 웃음이 나오는 걸까?"

그는 여자에게 닿을 듯이 얼굴을 내밀고, 테이블 위에 놓인 여자 손에 자기 손을 맞댔다. 두 사람에게서 동시에 웃음이 사라졌다.

"그날 저녁엔 거의 보름달이더군요. 그래서 부인의 정원이 잘 보였죠. 얼마나 잘 가꾸었는지 윤기가 흐르디군요. 늦은 시간이었습니다. 2층 넓은 복도엔 아직 불이 켜져 있었거든요."

"말씀드렸잖아요. 가끔 잠을 잘 못 이룬다고."

그는 여자가 난처해하지 않고, 편안하게 자기를 좀더 자세히 쳐다보게 하려고 술잔을 손에 쥐고 이리저리 돌리며 장난을 쳤다. 그녀가 그것을 바란다고 믿는 모양이었다. 여자는 그를 찬찬히 바라보았다.

"조금 더 마시고 싶은데" 하면서 그 여자는 벌써 상처를 입은 듯 애처롭게 술을 청했다.

"이렇게 빨리 습관이 들 줄은 정말 몰랐습니다. 하긴 저도 벌써 버릇이 다 되었습니다만."

그는 포도주를 주문했다. 그들은 기갈이 들린 듯 포도주를 들이켰다. 그때부터 안 데바레드가 술을 마시는 것은 포도주에 취하는 맛에 눈을 뜨기 시작해서일 뿐 다른 이유라고는 전혀 없었다. 그녀는 포도주를 마신 뒤 잠시 기다리더니, 죄지은 사람처럼 기어 들어가는 변명조로 또다시 그에게 질문을 하기 시작했다.

"어떻게 해서 그 두 사람이 서로 이야기조차 나누지 않게 되었는지 이젠 말씀해주셨으면 해요."

아이는 출입문께에 나타나, 엄마가 아직 거기 있는 것을 확인하더니 안심하고 가버렸다.

"전 아무것도 모릅니다. 밤이면, 나중에 가서는 시도 때도 없이 그들 사이에 가로놓인 긴 침묵 때문이었겠죠. 날이 가면 갈수록 그 어떤 것으로도 극복할 수 없게 된 침묵 말입니다."

그 전날 안 데바레드의 눈을 감기게 했던 그런 혼란이 이번에는 양어깨를 고통스럽게 짓눌렀다.

"어느 날 밤 두 사람은 방 안을 이리저리 서성거리고 또 서성거려요. 우리에 갇힌 짐승처럼 되어버린 거죠. 그들은 자신들에게 무슨 일이 일어나고 있는지 몰라요. 다만 서로에게 어떤 불안한 낌새를 감지하고 두려워하죠."

"이젠 그 어떤 것도 그들을 만족시킬 수 없었지요."

"당장 벌어지고 있는 일을 감당할 수 없는 지경이었지만, 곧바로 그 문제를 의논할 줄도 몰라요. 몇 개월의 시간이 필요했는지도 모릅니다. 그걸 알려면 몇 개월이 지나야 했던 겁니다."

그는 말을 잇기에 앞서 잠시 기다렸다. 그는 포도주 한 잔을 다 비웠다. 술을 마시느라 고개를 치켜든 순간, 두 눈 속에 우연히도 때맞춰 저녁노을이 지나갔다. 여자는 그것을 놓치지 않았다.

"2층 어느 창문 앞에는," 그가 말했다. "너도밤나무가 한 그루 있습니다. 정원에서 제일 아름다운 나무들 축에 들죠."

"제 방이에요. 아주 넓은 방이죠."

그 여자의 입술은 좀 전에 마신 술 때문에 촉촉했다. 그 입술은 은은한 노을빛 아래 가혹하리만치 또렷한 윤곽을 보이고 있었다.

"조용한 방이라고들 해요. 제일 좋은 방이죠."

"여름에는 그 너도밤나무에 가려서 바다가 안 보여요. 그래서 어느 때건 그 나무를 없애달라고, 베어버리라고 부탁한 적도 있답니다. 하지만 제 부탁이 신통치 않았나 봐요."

그는 몇 시인지 보려고 바 위쪽에 있는 시계로 눈길을 돌렸다.

"15분 후면 공장 일이 끝날 거고, 부인께선 서둘러 돌아가시겠지요. 우리에겐 정말 시간이 없군요. 너도밤나무가 거기에 있느냐 없느냐는 별로 중요하지 않다고 생각합니다. 제가 부인이라면, 나무가 자라서 그 방 벽에 해마다 점점 더 짙은 그늘을 드리우도록 내버려 두겠어요. 당신 침실이라고들 하는 그 방 말입니다. 제가 볼 땐 잘못 알고들 있는 것 같습니다만."

그 여자는 얌전치 못하게 상체를 의자에 함부로 기대면서 남자에게서 멀어졌다.

"하지만 어떨 때는 그 그림자가 검은 잉크 같은 걸요." 그녀가 가만히 반박했다.

"상관없을 텐데요."

그는 연신 웃으면서 여자에게 잔을 내밀었다.

"여자는 주정뱅이가 되어버렸습니다. 저녁이면 종종 병기창 반대편에 있는 술집 여기저기에서 형편없이 취한 그 여자를 찾아냈죠. 이따금 지독하게 욕을 먹었어요."

안 데바레드는 호들갑스럽게 놀라는 시늉을 했다.

"저도 그렇지 않을까 하고 생각했지만, 그 정도까지는 아니었어요. 그 사람들 경우에는 그래야만 했는지도 모르잖아요?"

"저도 마찬가지로 잘 모릅니다. 이야기해보세요."

"좋아요"—그 여자는 한참을 궁리했다. "또 가끔 토요일 같은 땐, 주정뱅이 한두 사람이 라메르가를 지나가기도 해요. 그 사람들은 목청껏 노래를 부르거나 헛소리를 늘어놓죠. 그들은 모래언덕 마지막 가로등까지 갔다가 되돌아와요. 줄곧 노래를 부르면서 말이에요. 보통 그 사람들은 모두 다 잠든 늦은 시간에 지나가죠. 용감하게도 인적이 끊긴 그 적막한 구역을 헤매는 거랍니다."

"부인께선 더없이 고요한 넓은 침실에 누워 그 사람들 노랫소리를 듣는군요. 그 방은 뜻밖에도 엉망으로 어질러져 있죠. 부인답지 않게 말입니다. 부인은 거기에 누워 있었죠.

그랬어요."

안 데바레드는 몸을 움츠렸다. 그리고 종종 그렇듯 기운을 잃었다. 목이 잠겨 소리가 나오지 않았다. 손이 또 조금씩 떨리기 시작했다.

"큰길이 모래언덕 너머까지 연장될 거예요. 이번 도시 계획에 그렇게 되어 있대요." 그 여자가 말했다.

"부인께선 거기에 누워 있었습니다. 아무도 그걸 모르고 있었지요. 10분 후면 공장 일이 끝날 겁니다."

"알고 있어요." 안 데바레드가 말했다. "그리고…… 몇 년 전부터 공장 일이 몇 시에 끝나든 줄곧 전 그 시각을 알고 있었죠. 언제나 말이에요."

"잠들어 있건 깨어 있건, 단정한 옷차림이건 아니건 간에 모든 것이 부인의 존재 범위 밖에서 이루어지고 있었죠."

안 데바레드는 아니라고 발버둥을 쳤지만, 자기 잘못인 양 수긍하고 말았다.

"그러시는 게 아니에요." 그녀가 말했다. "전 알아요. 무슨 일이든 다 일어날 수 있다는 걸……"

"그렇습니다."

이제 그 여자는 희미한 저녁 어스름 속에서도 여전히 빛나고 있는 그의 입술만을 하염없이 바라보았다.

"이 도시에서 가장 아름다운 구역, 바다가 마주 보이는 곳에 그처럼 철책으로 둘려 있으니, 멀리서 보면 그 정원은 착

각을 일으킬 정도지요. 지난해 6월, 며칠 후면 꼭 1년이 됩니다만, 부인께선 우리를 맞을 채비를 하고 정원을 바라보며 현관 층계에 서 있었죠. 우리, 바로 제철소 직원들 말입니다. 반쯤 드러난 가슴 위에는 하얀 목련꽃 한 송이가 꽂혀 있었어요. 저는 쇼뱅이라고 합니다."

그 여자는 처음 자세로 되돌아가 테이블에 팔꿈치를 괸 채 그를 마주 보았다. 술기운이 오른 여자의 얼굴이 벌써 일그러지고 있었다.

"알고 있었어요. 당신이 이유 없이 제철소를 떠났다는 걸. 그리고 오래지 않아 다시 돌아올 수밖에 없으리라는 사실도. 이 도시의 어떤 회사에서도 당신을 채용해주지 않을 테니까요."

"좀더 이야기해보세요. 그다음부터는 더 이상 아무것도 묻지 않겠습니다."

안 데바레드는 한 번도 배운 적 없는 학과목을 외우는 학생처럼 읊조리기 시작했다.

"제가 그 집에 들어갔을 땐 이미 쥐똥나무들이 있었어요. 아주 많았죠. 폭풍이 몰려오면 강철 같은 쇳소리를 낸답니다. 거기에 익숙해지는 건 뭐랄까, 자기 심장 소리를 듣는 것 같다고나 할까요. 전 익숙해졌답니다. 당신이 그 여자에 대해 말한 건 틀렸어요. 병기창이 있는 동네 술집에서 종종 엉망으로 취한 그 여자를 찾아냈다는 것 말이에요."

사이렌이 규칙적이고 정확하게 온 도시가 떠나가도록 울렸다. 카페 여주인은 시간을 확인하고, 빨간 뜨개질감을 치웠다. 쇼뱅은 사이렌 소리를 못 들은 듯 태연히 이야기했다.

"수많은 여자가 벌써 그 집에서 살다 갔어요. 밤이면 자기 심장 뛰는 소리 대신 쥐똥나무 소리를 들었죠. 쥐똥나무는 늘 거기 있었죠. 그녀들은 모두 너도밤나무 뒤 침실에서 눈을 감았습니다. 부인이 알고 있는 것과는 달리 그 나무는 더 이상 자라지 않아요."

"저녁마다 인사불성으로 취해 있던 그 여자에 대한 이야기처럼 그것도 틀렸어요."

"역시 틀렸습니다. 하지만 그 집은 정말 넓어요. 수백 평이나 되죠. 게다가 하도 오래된 집이라 별별 얘기가 다 떠돌고 있어요. 무서워서 오싹할 때도 있을 겁니다."

그 여자는 똑같은 혼란에 사로잡혀 두 눈을 감았다. 카페 여주인은 자리에서 일어나 홀 안을 치우고 컵을 닦았다.

"어서 말씀하세요. 꾸며내서라도."

그 여자는 안간힘을 쓰며 아직 손님도 없는 카페에서 목청을 높여 말했다.

"나무가 없는 도시에서 살아야만 해요 바람이 불면 나무들이 울부짖어요 여긴 언제나 줄곧 바람이 불죠 1년에 이틀을 빼놓곤 말이에요 제가 당신이라면 그래요 떠나가겠어요 여기 머물지 않겠어요 폭풍우가 지나간 뒤 바닷가에 죽어

있는 새들은 거의 다 바닷새들이죠 폭풍우가 그치면 나무는
더 이상 울부짖지 않아요 목이 졸리는 것처럼 꽥꽥 비명을
지르는 새소리가 해변에서 들려와요 아이들은 무서워서 잠
을 이루지 못하지만 전 아니에요 떠나가야겠어요."

그 여자는 두려워서 두 눈을 꼭 감은 채 말을 멈췄다. 그는
여자를 뚫어져라 바라보았다.

"혹시," 그가 말했다. "우리가 잘못 알고 있는 건지도 모릅
니다. 그는 더 일찍 그 여자를 죽이고 싶었는지도 몰라요. 그
녀를 처음 보았을 때 이미 말입니다. 말씀해보세요."

그 여자는 입을 열지 못했다. 두 손이 다시 떨리기 시작했
다. 자신의 생활에 대한 크고 작은 암시가 유발한 충격이나
두려움 때문이 아니라 다른 이유가 있어서였다. 그래서 대
신 그가 침착함을 되찾은 차분한 목소리로 입을 열었다.

"극히 드문 일이긴 하지만, 이 도시에서 바람이 그치면 숨
이 막힐 것 같은 게 사실입니다. 전 벌써 알아차리고 있었습
니다."

안 데바레드는 귀담아듣지 않고 있었다.

"죽은 다음에도 그 여자는 기쁜 듯 미소 짓고 있었어요."
여자가 말했다.

밖에서는 아이들이 터뜨리는 탄성과 웃음소리가 들려왔
다. 그 소리는 황혼을 새벽처럼 맞이하고 있었다. 도시 남쪽
에서 또 다른 환호성이 들려왔다. 일이 끝난 뒤의 해방감이

담긴 어른들 소리였다. 거기에 둔탁하게 윙윙거리는 제철소 기계 소리가 이어졌다.

"산들바람이 끊임없이 불어오죠" 하고 안 데바레드가 지친 목소리로 말을 이었다. "계속해서요. 이미 알고 계실지 모르겠지만, 날마다 다르게 불어온답니다. 어느 때는 갑자기 불기도 하는데, 특히 해 질 녘에 그래요. 또 어느 때는 반대로 아주 천천히 불기도 해요. 날씨가 몹시 더울 때는 주로 그런 바람만 불죠. 또 밤이 지나 새벽 4시경 동틀 무렵에도 그래요. 그러면 쥐똥나무가 울부짖는 소리를 내요. 그래서 전 바람이 부는 걸 알 수 있답니다."

"부인께선 그 정원 하나에 대해선 모르는 게 없군요. 그 정원은 라메르가에 있는 다른 정원들과 겉보기에는 별로 다를 게 없는데 말입니다. 여름에 쥐똥나무가 울부짖는 소리를 내면 당신은 그 소리를 듣지 않으려고 창문을 닫습니다. 더워서 벌거벗은 차림으로 말입니다."

"포도주를 더 하고 싶은데" 하고 안 데바레드가 애원했다. "자꾸만 마시고 싶네요……"

그가 술을 주문했다.

"사이렌이 울린 지 10분이나 됐어요." 카페 여주인이 술을 따르며 일러주었다.

첫 손님이 들어와 바 끝에 앉아 그들과 같은 포도주를 마셨다.

"철책 왼쪽 귀퉁이에는," 하고 안 데바레드가 속삭이듯 말을 이었다. "북쪽을 향해 붉은 너도밤나무가 한 그루 있어요. 무슨 까닭인지는 전혀 모르겠지만……"

바에 있던 남자가 쇼뱅을 알아보고 좀 난처한 기색으로 고갯짓을 했다. 쇼뱅은 그를 쳐다보지 않았다.

"계속해보세요." 쇼뱅이 말했다. "무슨 얘기를 하셔도 좋습니다."

아이가 머리카락이 헝클어진 채 숨을 헐떡거리며 나타났다. 방파제 끝으로 이어지는 길에는 사람들 발소리가 요란했다.

"엄마" 하고 아이가 불렀다.

"엄만 금방 가실 거다." 쇼뱅이 말했다.

바에 있던 남자가 지나가는 아이의 머리를 쓰다듬으려고 하자 — 아이는 매정하게 달아나버렸다.

"어느 날," 안 데바레드가 말했다. "전 저 아이를 낳았죠."

노동자 10여 명이 카페에 들이닥쳤다. 몇 사람이 쇼뱅을 알아보았다. 이번에도 쇼뱅은 그들을 쳐다보지 않았다.

"때때로," 안 데바레드가 말을 이었다. "저 아이가 잠든 저녁이면 전 정원으로 내려가서 서성거린답니다. 철책에 다가가 큰길을 바라보죠. 저녁이면 정말 조용해요. 겨울철엔 더 그렇죠. 여름에는 서로 끌어안은 남녀 몇 쌍이 왔다 갔다 하기도 해요. 그게 전부죠. 그 집을 고른 건 조용해서라고 해요. 이 도시에서 가장 조용하거든요. 그만 가야겠어요."

쇼뱅은 의자에서 뒤로 물러나 천천히 시간을 끌었다.

"부인은 철책에 다가갔다가 멀어지죠. 그러고는 집을 한
바퀴 돌고 다시 철책으로 되돌아오죠. 아이는 저 위에서 자
고 있고요. 당신은 비명을 지른 적이 결코 없습니다. 절대로
말입니다."

여자는 대꾸 없이 윗옷을 다시 입었다. 그가 도와주었다.
그녀는 의자에서 일어났지만 그 자리에 가만히 있었다. 테
이블 가까이 그 남자 곁에 서서 시선은 바에 앉아 있는 사람
들을 향하고 있었지만 그들을 쳐다보는 것은 아니었다. 몇
몇 사람이 쇼뱅에게 아는 척을 하려고 했지만 소용이 없었
다. 그는 부두를 바라보고 있었다.

마침내 안 데바레드는 이런 멍한 상태에서 깨어났다.

"돌아가겠어요." 그 여자가 말했다.

"내일 뵙지요."

그가 출입문까지 바래다주었다. 남자들이 무리를 지어 황
급히 들어왔다. 아이가 뒤따라 들어왔다. 아이는 엄마에게
달려와 손을 잡고 야무지게 끌고 갔다. 그녀는 아이를 따라
갔다.

아이는 새 친구를 하나 사귀었다고 이야기하고, 엄마가
대꾸하지 않아도 놀라지 않았다. 인적 없는 해변에 이르
자 — 전날보다 더 늦은 시각이었다 — 그날 저녁따라 제법

거세게 철썩이는 파도를 보기 위해 걸음을 멈췄다. 그러고는 다시 출발했다.

"가, 엄마."

여자는 아이가 하는 대로 따라 했다.

"엄마는 걸음이 느려" 하고 아이가 우는소리를 했다. "날씨도 추운데."

"더 빨리 걸을 수가 없단다."

그 여자는 가능한 한 빨리 걸었다. 아이는 엄마에게 바짝 달라붙었다. 밤인 데다 피곤했고, 어리광까지 겹친 것이었다. 그들은 그렇게 함께 걸었다. 그녀는 술에 취해 먼 곳이 잘 보이지 않았기 때문에 일부러 라메르가 끝 쪽을 보지 않으려고 애썼다. 집에 도착하려면 아직도 멀었다는 것을 알고 실망하지 않기 위해서였다.

5

"잘 기억해둬." 안 데바레드가 말했다. "보통 빠르기로 노래하듯이라는 뜻이니까."

"보통 빠르기로 노래하듯이." 아이가 되뇌었다.

계단을 오를수록 도시의 남쪽 하늘에 솟아 있는 크레인들이 나타났다. 모두 다 똑같은 움직임을 보이며 일정한 시간 간격을 두고 서로 교차하고 있었다.

"이젠 네가 야단맞지 않았으면 좋겠어. 안 그러면, 정말이지 엄마는 못 견디겠어."

"나도 야단맞고 싶지 않아. 보통 빠르기로 노래하듯이."

먹이를 움켜잡은 굶주린 짐승의 이빨 같은 거대한 포클레인 삽이 젖은 모래를 줄줄 흘리며 그 층 맨 끝 창문 앞을 지나갔다.

"음악은 필수란다. 그러니까 피아노를 배워야 해. 알겠지?"

"알았어요."

지로 선생의 아파트는 꽤 높은, 건물 6층에 자리 잡고 있었기 때문에, 창문에서 보면 아주 멀리까지 바다가 바라다 보였다. 그래서 하늘을 나는 갈매기 말고는 아이들의 시야에 아무것도 들어오지 않았다.

"참, 알고 계시죠? 살인 사건 말이에요. 치정에 얽힌…… 좋아요. 앉으세요, 데바레드 부인."

"그게 뭔데요?" 아이가 물었다.

"자, 어서, 소나티네를 쳐야지." 지로 선생이 말했다.

아이가 피아노 앞에 앉았다. 손에 연필을 든 지로 선생이 그 옆에 자리를 잡았다. 안 데바레드는 멀찌감치 떨어져 창문 가까이에 앉았다.

"소나티네를 쳐보렴. 아름다운 디아벨리의 소나티네 말이야. 자, 시작해. 몇 박자더라, 그 아름다운 소나티네가? 말해봐."

선생의 목소리가 떨어지자마자 아이는 몸을 움츠렸다. 아이는 생각하는 척하면서 시간을 끌더니, 뻔히 알면서도 딴소리를 했다.

"보통 빠르기로 노래하듯이." 아이가 말했다.

지로 선생은 팔짱을 끼고 한숨을 내쉬며 아이를 쳐다보았다.

"일부러 저래요. 다른 이유가 뭐 있겠어요."

아이는 눈도 깜짝하지 않았다. 꼭 쥔 작은 손을 무릎에 얹고, 몇 번이고 되풀이되는 이런 행동이 자기도 어쩔 수 없는 일이라는 듯 당당한 태도로 형벌이 끝나기를 기다리는 것이었다.

"해가 눈에 띄게 길어졌어요." 안 데바레드가 상냥하게 말했다.

"그렇군요." 지로 선생이 대꾸했다.

지난주 이 시간에 비해 한층 더 높이 솟아 있는 해가 그것을 증명하고 있었다. 게다가 철 이른 옅은 안개가 하늘을 뒤덮고 있을 만큼 화창한 날씨였다.

"네가 말하기를 기다리고 있잖니."

"듣지 못했나 봐요."

"다 알아들었어요. 부인께서 전혀 모르고 계신 게 하나 있는데, 그건 바로 저 애가 일부러 저런다는 거예요, 데바레드 부인."

아이는 창문 쪽으로 고개를 약간 돌렸다. 삐딱하게 앉은 채 바닷물에 반사된 햇빛이 벽에 그리고 있는 일렁이는 물결무늬를 곁눈질하고 있었다. 오직 엄마에게만 아이의 두 눈이 보였다.

"웬 창피람, 녀석도 참……" 엄마가 들릴락 말락 말했다.

"4박자요." 아이는 꼼짝도 하지 않고 귀찮다는 듯 말했다.

눈동자에서 머리카락이 황금빛 춤을 추고 있는 것만 빼면 그날 저녁 아이의 눈은 거의 하늘과 같은 색이었다.

"언젠가는," 엄마가 말했다. "언젠가는 저 애도 그걸 알게 될 거고, 주저 없이 말할 거예요. 반드시 그렇게 될 거예요.

저 애가 원치 않더라도 너무나도 잘 알게 될 거예요."

그 여자는 유쾌하게 소리 없이 웃었다.

"창피한 줄 아셔야죠, 데바레드 부인." 지로 선생이 말했다.

"그렇게들 말하더군요."

지로 선생은 팔짱을 풀고, 피아노 교사 경력 30년 동안 해온 대로 연필로 건반을 탁탁 두드리며 목청을 높였다.

"자, 이젠 음계 연습. 10분 동안 음계 연습이다. 이것도 공부니까. 자, 다장조부터 시작."

아이가 다시 피아노 앞에 앉았다. 두 손이 함께 들어 올려졌다가 당당하면서도 순종하듯 건반 위에 놓였다.

다장조 음계가 파도 소리보다 더 크게 울려 퍼졌다.

"다시, 다시. 너 같은 애한테는 이렇게 가르치는 수밖에 없다니까."

아이는 눌러야 할 건반을 정확하고도 신비로운 음색으로 짚으면서, 처음에 시작했던 음정에서부터 다시 음계 연습을 시작했다. 두번째, 세번째 다장조 음계가 피아노 선생의 분노 속에서 울려 퍼졌다.

"10분 동안 연습하라고 했지? 다시."

아이는 두 손을 건반 위에 힘없이 버려둔 채 몸을 돌려 지로 선생을 바라보았다.

"왜요?" 아이가 물었다.

아이는 화가 난 지로 선생의 얼굴이 험악하게 굳어지는

것을 보고 다시 몸을 돌려 피아노와 마주했지만, 잠자코 건반 위에 손을 올려놓고 있을 뿐 꼼짝도 하지 않았다. 겉보기엔 완벽한 모범생 같은 태도였지만, 연주를 하지는 않았다.

"어쩜 이럴 수가, 이건 너무하는구나."

"애들이 세상에 태어나겠다고 한 건 아니죠." 아이 엄마는 또다시 웃으며 말했다. "그런데 피아노까지 배우라고 성화니, 뭘 기대할 수 있겠어요."

지로 선생은 어깨를 으쓱할 뿐 엄마에게도, 특별히 어느 누구에게도 대꾸하지 않았다. 평정을 되찾은 선생이 혼잣말처럼 말했다.

"정말 이상한 일이야. 애들이란 어른들이 결국 화를 내게 하고야 만다니까."

"하지만 저 애도 언젠가는 음계를 알게 될 거예요"—안데바레드는 용기를 내어 계속했다—"박자만큼이나 완벽하게 알게 될 겁니다. 틀림없이 지긋지긋할 정도로까지 말이에요."

"부인의 가정교육 방식은 정말 끔찍하군요." 지로 선생이 고함을 쳤다.

선생은 한 손으로 아이의 머리를 잡아 자기 쪽으로 돌리더니 이리저리 흔들어대며 자기를 쳐다보게 만들었다. 아이는 눈을 내리깔았다.

"왜냐고? 내가 그렇게 결정했기 때문이지. 게다가 건방지

기까지 하구나. 사장조를 세 번 연습해라, 어서. 그전에 다장
조 한 번 더 치고."

아이는 다장조 음계를 연습하기 시작했다. 아까보다는 좀
건성으로 건반을 두드렸다. 그러고는 또다시 기다렸다.

"사장조라고 했잖니. 자, 이번엔 사장조를 연습해."

두 손이 건반에서 떨어졌다. 다시는 쳐다보지 않겠다는
듯이 고개를 숙였다. 아직은 페달에 닿지 않아 의자에서 달
랑거리는 작은 발을 화가 나서 마구 비벼댔다.

"안 들리나 보지?"

"선생님 말씀 들었지?" 엄마가 말했다. "분명히 들었어."

아이는 이 상냥한 목소리에는 더 이상 저항하지 않았다.
대답 없이 아이는 다시 두 손을 들어 정해진 건반 위치에 정
확하게 놓았다. 한 번 그리고 두 번, 엄마의 사랑 속에서 음
계가 울려 퍼졌다. 병기창 쪽에서 작업 종료를 알리는 사이
렌이 울렸다. 햇살이 줄어들고 있었다. 이번에 연주한 음계
는 하도 정확해서 피아노 선생도 이젠 됐다고 인정할 정도
였다.

"이렇게 해야 손가락 연습도 되고 악보도 잘 볼 수 있거든
요." 선생이 말했다.

"그렇겠네요." 엄마가 서글프게 대답했다.

그러나 세번째로 사장조 음계를 시작하려다가 또다시 멈
췄다.

"세 번 하라고 했잖니, 세 번."

아이는 이번에는 건반에서 손을 떼어 무릎에 놓고 말했다.

"싫어요."

해가 기울기 시작하자 비스듬히 빛을 받은 바다가 단번에 환해졌다. 지로 선생은 완전히 평온을 되찾았다.

"이 말밖에는 달리 드릴 말씀이 없군요, 정말 딱하시다는."

아이는 이렇게 동정을 받는 처지임에도 웃고 있는 이 여인을 살짝 곁눈질했다. 하는 수 없이 바다 쪽으로 등을 돌리기는 했지만 원래 자세에서 꼼짝도 하지 않았다. 시간이 흘러 저녁이 되자, 반대 방향에서 불어온 산들바람이 방 안을 가로지르면서 고집쟁이 아이의 풀잎 머리카락을 살랑거리게 했다. 피아노 아래에 있는 작은 두 발이 소리 없이 조금씩 춤을 추기 시작했다.

"한 번 더 하는 게 어때서 그러니, 한 번만 더 하면 되는데." 엄마가 웃으면서 말했다. "한 번만 더, 응?"

아이는 엄마 쪽으로만 몸을 돌렸다.

"음계 연습이 싫어."

지로 선생은 그들의 대화를 못 들은 척하면서 두 사람을 번갈아 쳐다보았다. 너무도 화가 나서 맥이 빠진 듯했다.

"내가 기다리는 게 안 보이니?"

아이는 피아노 선생으로부터 가능한 한 멀리 떨어지려고 삐딱하게 피아노와 마주했다.

"귀염둥이," 엄마가 말했다. "한 번만 더 하자."

그렇게 불리자 아이는 눈을 깜빡거렸다. 그러나 여전히 망설였다.

"음계 연습은 이제 그만할래요."

"바로 그거야. 음계 연습을 해야 한다니까, 알겠니."

아이는 그러고도 머뭇머뭇하더니, 두 여자가 완전히 지쳐서 포기하려고 할 때서야 비로소 마음을 정했다. 아이는 연주를 했다. 그렇지만 지로 선생의 절망적인 고독감은 조금도 달래지지 않았다.

"이것 보세요, 데바레드 부인. 이런 상태로 제가 레슨을 계속할 수 있을지 모르겠어요."

사장조 음계는 이번에도 완벽했다. 아까보다 조금 빠르지 않나 싶기도 했지만 느낄 수 없을 정도였다.

"통 하려고 들지 않는 게 문제예요." 엄마가 말했다. "저도 그건 인정해요."

음계 연습이 끝났다. 아이는 시간이 얼마나 지났는지에는 전혀 관심을 두지 않고, 살그머니 의자에서 일어나 저 아래, 부두에서 무슨 일이 벌어지고 있는가를 보려고 했다. 하지만 그건 불가능했다.

"좀더 열심히 하라고 타일러볼게요." 뉘우치는 척하며 아이 엄마가 말했다.

지로 선생은 심란한 표정을 짓더니 거만하게 말했다.

"타이르고 말고 할 것도 없어요. 피아노를 배울지 말지가 저 아이 마음대로 결정되는 건 아니니까요. 데바레드 부인, 그게 바로 교육이라는 거죠."

선생이 피아노를 두드렸다. 아이는 하려던 짓을 그만두었다.

"이번에는 소나티네다." 지겹다는 듯 선생이 말했다. "4박자야."

아이는 그것도 음계처럼 훌륭하게 연주했다. 소나티네를 잘 이해하고 있었다. 마지못해 하는 연주였지만 엄연히 제대로 된 곡조가 흘러나왔다.

"어쩔 수 없어요." 소나티네가 연주되는 중간에도 지로 선생은 계속 말했다. "엄하게 다루어야 하는 애들이 있어요. 그렇게 하지 않으면 헤어날 길이 없거든요."

"노력할게요." 안 데바레드가 말했다.

그 여자는 소나티네에 귀 기울였다. 아이가 빚어내는 음악이 세월의 저 밑바닥에서부터 그녀에게로 오고 있었다. 그걸 들으면서 기절할 것만 같은 생각이 자꾸 드는 것이었다.

"정말이지 문제는, 저 애가 싫으면 피아노를 배우지 않아도 그만이라고 제멋대로 생각하고 있다는 겁니다. 하지만 이런 말씀 드리는 게 시간 낭비라는 건 잘 압니다, 데바레드 부인."

"애써볼게요."

소나티네는 아직도 울려 퍼지고 있었다. 그 곡조는 원하건 원하지 않건, 그 길들일 수 없는 반항아의 손을 타고 깃털처럼 가볍게 날아올라, 또다시 엄마를 휘감고 사랑의 지옥행을 한 번 더 선고했다. 그리고 지옥의 문들이 다시 닫혔다.

"다시 시작해. 박자를 잘 맞춰서. 이번에는 좀 느리게."

좀더 천천히 쉼표를 지켜 연주했다. 아이는 음악의 매력에 사로잡혔다. 그 애가 원한 것도, 작정한 것도 아니었건만 손가락 사이로 흘러넘친 곡조는 모르는 사이 온 세상으로 한 번 더 퍼져나가 낯선 가슴을 적시고 마음을 빼앗았다. 저 아래쪽 부두에까지 음악이 들려왔다.

"저 곡을 치기 시작한 지 한 달 됐어요." 카페 여주인이 말했다. "아름다운 음악이죠."

맨 먼저 도착한 남자들 한 무리가 카페를 향해 오고 있었다.

"맞아요, 한 달 됐어요." 카페 여주인이 되풀이해서 말했다. "저는 그 곡을 외울 정도랍니다."

바 끝에 앉은 쇼뱅이 그때까지의 유일한 손님이었다. 그는 시계를 들여다보고, 마음 놓고 기지개를 켜더니 아이의 연주 리듬에 맞추어 소나티네를 흥얼거렸다. 카페 여주인은 바 아래에서 술잔들을 꺼내며 그를 빤히 쳐다보았다.

"젊으시네요." 그녀가 말했다.

주인 여자는 첫 손님들이 카페에 들이닥칠 때까지 남은 시간을 헤아려보았다. 그리고 친절하게도 재빨리 쇼뱅에게 알려주었다.

"저 있잖아요, 이따금 날씨가 좋으면, 그 부인은 다른 쪽으로 한 바퀴 도는 것 같아요. 두번째 둑 쪽으로 말이죠. 매번 이리로 지나가는 건 아니라고요."

"맞습니다." 남자가 웃으며 말했다.

남자들이 무리를 지어 문을 밀고 들어왔다.

"하나, 둘, 셋, 넷" 하고 지로 선생이 수를 세었다. "좋아, 됐어."

아이의 손에서 소나티네가 흘러나오고 있었다. 저도 모르게 한껏 능력을 발휘하여, 되는대로 서툴게 치고 있는 손에 이끌려 만들어지고 또 만들어지는 것이었다. 소나티네가 완성되어갈수록 석양빛이 눈에 띄게 약해졌다. 저녁노을에 물든 타는 듯한 거대한 반도 모양의 구름이 지평선에 나타났다. 금세 사라질 덧없는 광채는 또 다른 세계로 생각을 줄달음치게 했다. 10분 후면 낮의 흔적은 순식간에 사라져버릴 것이다. 아이는 세번째 임무를 끝마쳤다. 파도 소리가 부두에서 들려오는 사람들 목소리와 뒤섞여 그 방에까지 밀려왔다.

"요 다음번에는 외워서 해보자. 외워서 칠 줄 알아야 한다니까, 알겠지." 지로 선생이 말했다.

"외워서요, 좋아요."

"제가 약속할게요." 아이 엄마가 말했다.

"태도를 고쳐야 해요. 저 앤 날 놀리고 있는 거예요. 괘씸하게도."

"약속할게요."

지로 선생은 생각에 잠겨 들은 척도 하지 않았다.

"레슨 받으러 올 때 부인 말고 다른 사람이 저 애를 데려와보는 게 어떨까요? 데바레드 부인." 지로 선생이 말했다. "어떤 반응을 보일지 알 수 있지 않을까요."

"안 돼요." 아이가 버럭 소리를 질렀다.

"제가 못 견딜 것 같군요." 안 데바레드가 말했다.

"결국은 그렇게 하지 않을 수 없게 될까 봐 정말 걱정이군요." 지로 선생이 말했다.

일단 아파트 문이 닫히자 아이는 계단에서 멈췄다.

"엄마도 봤지. 얼마나 고약한지."

"일부러 그러는 거니?"

아이는 지금은 공중에 멈춰 서 있는 수많은 크레인을 물끄러미 바라보았다. 멀리 도시 외곽에 하나둘 불이 밝혀졌다.

"나도 몰라." 아이가 말했다.

"그래도 엄마는 네가 좋아."

갑자기 아이가 느릿느릿 계단을 내려가기 시작했다.

"피아노 그만 배우고 싶어."

"엄마는 음계를 전혀 몰라. 그러니 다른 방법이 없잖아?" 안 데바레드가 말했다.

6

안 데바레드는 카페에 들어가지 않고 출입문에서 멈춰 섰다. 쇼뱅이 그녀 쪽으로 왔다. 그가 곁에 오자 여자는 라메르가 쪽으로 돌아섰다.

"벌써 웬 사람이 이렇게 많지." 그 여자가 조그맣게 불평했다. "피아노 레슨이 늦게 끝났어요."

"피아노 치는 소리가 들리더군요." 쇼뱅이 말했다.

아이는 엄마 손에서 빠져나가 보도로 달려가 버렸다. 매주 금요일 저녁 이 시간이면 항상 그랬듯 뛰어놀고 싶어서였다. 쇼뱅은 아직 희미하게 석양빛이 남아 있는 검푸른 하늘을 향해 고개를 들더니, 그녀에게로 다가왔다. 여자는 물러서지 않았다.

"이제 곧 여름이죠." 그가 말했다. "이리 오십시오."

"하지만 이 고장에선 여름이 온 건지 잘 모르겠어요."

"가끔은 느껴질 때도 있습니다. 아시잖아요. 바로 오늘 저녁 같은 때죠."

아이는 디아벨리의 소나티네를 흥얼거리며 밧줄을 뛰어

넘고 있었다. 안 데바레드는 쇼뱅을 따라갔다. 카페는 만원
이었다. 남자들은 무슨 의무라도 되는 양 잔이 채워지자마
자 마셔버리고, 서둘러 집으로 돌아가는 것이었다. 더 먼 곳
에 있는 다른 작업장에서 온 사람들이 그들 자리를 채웠다.

카페에 들어서자 안 데바레드는 겁을 먹고 문 옆에서 주
춤거렸다. 쇼뱅이 여자를 돌아보고 미소를 보내며 용기를
북돋워주었다. 그들은 긴 바 한쪽 끝의 가장 눈에 띄지 않는
자리로 갔다. 여자는 방금 전의 남자들처럼 쫓기듯 포도주
잔을 비웠다. 아직 손에 들려 있는 술잔이 떨리고 있었다.

"이제 7일이 지났습니다." 쇼뱅이 말했다.

"일곱 밤이죠." 그 여자가 대수롭지 않다는 듯이 말했다.
"정말 술맛이 좋군요."

"일곱 밤이라." 쇼뱅이 되풀이해서 말했다.

그들은 바를 떠나 자리를 옮겼다. 그는 여자를 홀 안쪽으
로 데리고 가서 자기가 원하는 자리에 앉혔다. 바에 있던 남
자들은 먼발치에서부터 이 여자를 알아보고 깜짝 놀랐다.
홀 안은 조용했다.

"그러면 다 들으셨겠네요? 선생님이 우리 애에게 연습시
킨 음계 말이에요."

"이른 시간이었죠. 그래서 손님이 한 명도 없었습니다. 창
문이 부두 쪽으로 열려 있었나 봅니다. 다 들리더군요, 음계
까지도."

그 여자는 고맙다는 듯이 미소를 보내며, 또다시 술을 마셨다. 술잔을 쥔 두 손이 이제는 거의 떨리지 않았다.

"전 2년 전부터 저 아이에게 음악을 가르쳐야 한다는 생각이 머릿속에서 떠나지 않아요. 이해하시겠지요."

"이해하다뿐이겠습니까. 그래서 그랜드 피아노가 있는 건가요? 살롱으로 들어가서 왼편에 있는 것 말입니다."

"네." — 안 데바레드는 두 주먹을 불끈 쥐고, 침착하려고 애썼다 — "그런데 애가 아직 너무 어려요. 얼마나 어린지 모르실 거예요. 그 생각을 하면, 혹시 내가 잘못하고 있는 게 아닌가 하는 생각이 들기도 해요."

쇼뱅은 웃었다. 그들이 홀 안쪽 테이블에 자리 잡은 유일한 손님이었다. 바에 앉은 손님들 숫자가 줄어들고 있었다.

"그 애는 지금 배우는 음계를 완벽하게 알고 있던데요?"

안 데바레드도 이번에는 깔깔대며 웃었다.

"맞아요, 잘 알고 있죠. 지로 선생님도 그건 인정해요. 정말이지…… 전 가끔 재미난 생각을 해요. 아…… 그 두 사람 생각만 하면 왜 이렇게 웃음이 나오는지……"

그 여자는 아직도 웃고 있었다. 웃음이 점점 사라지기 시작하자 쇼뱅은 태도를 바꿔 정색하고 말했다.

"부인은 그랜드 피아노에 팔꿈치를 기대고 계셨죠. 드레스 아래로 드러난 가슴 사이에는 바로 그 목련꽃이 꽂혀 있었습니다."

안 데바레드는 매우 주의 깊게 그 이야기에 귀를 기울였다.

"그랬죠."

"부인이 몸을 굽히면, 꽃이 가슴 가장자리를 스쳤어요. 부주의하게 너무 높이 핀을 꽂은 탓이죠. 아주 커다란 꽃이었어요. 별 생각 없이 고른 꽃이라 당신에게 너무 컸습니다. 꽃잎은 아직도 단단했어요. 그 전날 밤에야 활짝 핀 꽃이었으니까요."

"제가 밖을 보고 있던가요?"

"포도주를 조금 더 하시죠. 아이는 정원에서 놀고 있었어요. 맞습니다. 부인은 밖을 보고 있었어요."

안 데바레드는 그가 권하는 대로 술을 조금 더 마시며 기억을 되살리려고 애를 썼다. 그리고 깊은 놀라움에서 깨어났다.

"그 꽃을 꺾은 기억이 없어요. 가슴에 달았던 것도 그렇고요."

"저는 부인을 슬쩍 바라보았을 뿐이지만, 그걸 알아차릴 만한 시간은 있었습니다."

그 여자는 있는 힘을 다해 술잔을 꼭 쥐었다. 행동도 목소리도 느릿느릿해졌다.

"제가 얼마나 포도주를 좋아하는지 그걸 모르고 있었지 뭐예요."

"이제는 말씀해보십시오."

"아, 제발 저를 그냥 좀 내버려 두세요" 하고 안 데바레드가 애원했다.

"우리에겐 시간이 너무 조금밖에 없는 것 같아 그럴 수가 없군요."

해는 이미 거의 다 넘어가서 카페 천장에만 희미한 석양빛이 비치고 있었을 뿐이다. 바에 몹시 밝은 조명이 켜졌기 때문에, 홀은 그 그림자 속에 묻혀버렸다. 아이가 뛰어들어왔다. 상당히 늦은 시간이었지만 놀라지도 않고 이렇게 말했다.

"다른 친구가 왔어요."

아이가 가버리자마자 쇼뱅의 두 손이 안 데바레드의 손으로 다가왔다. 네 개의 손이 테이블 위에 나란히 놓였다.

"말씀드렸듯이 전 잠을 이루지 못할 때가 가끔 있어요. 그럴 때면 아이 방으로 가서 오래오래 저 애를 바라본답니다."

"다른 때도 그런가요?"

"다른 때도 그래요. 여름이라 길에는 산책하는 사람들이 좀 있거든요. 토요일 저녁엔 특히 많아요. 이 도시에서 자기 자신을 어떻게 해야 할지 모르는 탓이겠죠."

"그럴지도 모르죠." 쇼뱅이 말했다. "특히 남자들은 말입니다. 부인은 종종 그 복도 혹은 정원 아니면 침실에서 그들을 바라보지요."

안 데바레드는 몸을 숙이고 마침내 그 이야기를 했다.

"저 자신을 어떻게 해야 할지 알 수 없는 밤이면, 이따금 복도나 침실에서 그들을 바라보았던 것 같기도 해요."

쇼뱅이 나지막이 무슨 말을 내뱉었다. 이렇게 모욕을 당하는 안 데바레드의 눈길이 서서히 게슴츠레해지며 졸음에 빠져들었다.

"계속하십시오."

"이렇게 지나가는 사람들 말고는 하루하루의 일과가 정해진 시간에 따라 판에 박은 듯이 이루어지죠. 계속할 수가 없군요."

"우리에겐 남은 시간이 거의 없습니다. 계속하십시오."

"늘 똑같은 식사 시간이 되돌아오죠. 그리고 밤이 찾아오고. 어느 날 전 피아노 레슨을 생각해냈어요."

그들은 포도주를 마저 마셨다. 쇼뱅이 한 잔 더 주문했다. 바에 앉은 사람들이 계속 줄어들었다. 안 데바레드는 목이 타는 사람처럼 또다시 술을 마셨다.

"벌써 7시예요"라고 카페 여주인이 일깨워주었다.

그들에게는 그 소리가 들리지 않았다. 밤이 되었다. 빈둥거리며 시간이나 때우기로 한 듯이 보이는 남자 네 명이 홀 안쪽으로 들어왔다. 라디오에서 내일의 일기예보가 흘러나왔다.

"말씀드렸죠, 도시의 다른 편 끝에서 제 귀염둥이에게 피아노 레슨을 받게 할 생각을 해냈다는 걸. 그리고 이젠 그만 둘 수도 없어요. 정말 힘들어요. 어머, 벌써 7시네."

"보통 때보다 더 늦게 집에 들어가실 겁니다. 더 늦게, 아마 아주 늦을지도 모르겠습니다. 어쩔 수 없는 일이죠. 그렇게 생각하고 계십시오."

"정해진 시간은 피할 수 없는 법이죠. 달리 무슨 도리가 있겠어요? 집에 가는 데 걸리는 시간을 따져보니 저녁 식사 시간엔 이미 늦었어요. 더군다나 잊고 있었지 뭐예요. 오늘 저녁 저희 집에선 제가 꼭 참석해야 하는 파티가 열리는데……"

"늦을 수밖에 없다는 걸 알고 계시는군요. 그렇지 않습니까?"

"별수 없지 않겠어요. 알고 있어요."

그는 기다렸다. 그 여자는 분위기를 바꾸려는 듯 평온한 어조로 말을 꺼냈다.

"이건 말씀드릴 수 있어요. 우리 아이에게 그 너도밤나무 뒤에서 살았던, 지금은 죽은 ─ 죽었죠 ─ 여자들 얘기를 해준 적이 있어요. 그 귀염둥이가 글쎄 그 여자들을 보여달라고 하지 뭐예요. 정말이지 제가 얘기할 수 있는 건 방금 다 했어요."

"부인은 아이에게 그 여자들 얘길 한 걸 금세 후회했습니다. 그래서 며칠 뒤 여기를 떠나 다른 지방의 해변에서 보내게 될 올 휴가가 얼마나 굉장할지를 이야기해주었죠?"

"그 애에게 더운 지방 해변으로 휴가를 가겠다고 약속했죠. 보름 후에 말이에요. 그 여자들이 죽었다고 어찌나 애석해하던지."

안 데바레드는 또다시 포도주를 마시며, 술이 독하다고 생각했다. 그 여자는 미소 짓고 있었지만 술에 취해 눈빛이 젖어들었다.

"시간이 가고 있습니다." 쇼뱅이 말했다. "점점 더 늦어지고 있어요."

"오늘 저처럼 이렇게 터무니없이 늦게 되면, 조금 더 늦거나 덜 늦거나 결과적으론 아무런 차이가 없는 법이죠." 안 데바레드가 말했다.

바에는 이제 손님이 단 한 사람밖에 남아 있지 않았다. 홀에서는 다른 네 사람이 띄엄띄엄 이야기를 나누고 있었다. 남녀 한 쌍이 들어왔다. 카페 여주인은 그들에게 술을 가져다주고, 몰려든 손님들 때문에 그때까지 팽개쳐둔 빨간 뜨개질감을 다시 집어 들었다. 주인 여자는 라디오 볼륨을 낮췄다. 오늘 밤따라 유난히 거센 파도가 방파제에 부딪치는 소리가 노래 사이사이로 들려왔다.

"그 여자가 남자에게 그토록 바라던 것이 무엇인지를 알고 나서도, 물론 더 나중일 수도 있고 더 먼저일 수도 있겠지만, 남자는 왜 여자가 원하는 대로 해주지 않았는지 이야기해주셨으면 좋겠어요."

"사실 전 별로 아는 게 없습니다. 하지만 그 남자는 여자가 살아 있는 것과 죽은 것 중에서 어떤 쪽을 선택할지를 몰라, 그 문제를 해결할 수 없었던 게 아닌가 해요. 뒤늦게 죽은 쪽을 선택하게 된 것 같지만 말입니다. 전 아무것도 모릅니다."

아 데바레드는 속으로 곰곰이 자기 자신을 되돌아보며, 속내를 눈치채지 못하게 얼굴을 숙였으나 안색은 창백했다.

"여자는 남자가 그렇게 해줄 거라는 희망에 부풀어 있었지요."

"남자도 여자 못지않게 그렇게 되길 바랐을 겁니다. 저는 아무것도 모릅니다."

"그 여자만큼 원했을까요, 정말로?"

"그렇습니다. 더 이상 말씀하지 마십시오."

그 네 사람은 가버렸다. 남녀 한 쌍은 아직 조용히 남아 있었다. 여자가 하품을 했다. 쇼뱅이 포도주 한 병을 더 주문했다.

"이토록 술을 마시지 않고서야 가능하기나 했겠습니까?"

"불가능할 거라고 생각해요." 안 데바레드가 중얼거렸다.

그녀는 단숨에 술잔을 비웠다. 그는 여자가 실컷 취하게 내버려 두었다. 도시는 완전히 어둠에 휩싸여 있었다. 부둣가 키 큰 가로등이 환하게 밝혀졌다. 아이는 아직도 놀고 있었다. 하늘에는 석양빛의 흔적조차 남아 있지 않았다.

"집에 돌아가기 전에" 하고 안 데바레드가 애원했다. "당신이 제게 이야기해줄 수 있다면, 좀더 많이 알고 싶어요. 당신이 확신하지 못하는 사실이라고 해도 말이에요."

쇼뱅은 지금까지 들어본 적 없는, 감정이 조금도 섞이지 않은 목소리로 느릿느릿 그 여자에 대한 이야기를 시작했다.

"그들은 외딴집에 살고 있었습니다. 제 생각으론 바닷가가 아니었나 싶습니다만. 날씨가 더웠어요. 거기에 가기 전에는 그렇게 빨리 그때가 오리라는 걸 알지 못했죠. 며칠이 지나자 여자를 내쫓지 않을 수 없게 되는 일이 잦았던 모양입니다. 금세 그는 여자를 멀리 집 밖으로까지 수없이 쫓아냈어요."

"그렇게까지 할 필요는 없었는데."

"그런 식의 생각을 떨쳐버리기란 어려운 일이겠지만, 거기에 익숙해져야 해요. 산다는 것에 익숙해지듯 말입니다. 하지만 그냥 습관일 뿐이죠."

"그래서 그 여자는 떠났던가요?"

"때때로 남자가 시키는 대로 나갔죠. 가고 싶지 않았지만 말입니다."

안 데바레드는 이 낯선 사내가 누구인지 알아보지 못한 채로 뚫어지게 바라보았다. 망을 보는 짐승처럼.

"제발." 그 여자가 애원했다.

"그러다가 남자가 여자를 바라볼 때 전과는 전혀 다르게 보이는 그런 때가 오고야 말았어요. 그 여자는 이제 더 이상

예쁘지도, 밉지도, 젊지도, 늙지도 않은 모습이 되었고, 어느 누구와도 비교할 수 없고 심지어는 자기 자신과도 닮지 않게 되었습니다. 그는 두려웠어요. 그땐 마지막 휴가 중이었죠. 겨울이 되었어요. 라메르가로 돌아가실 거죠. 곧 여덟 번째 밤이 될 겁니다."

아이가 들어와 잠깐 엄마에게 안겼다. 아직도 디아벨리의 소나티네를 흥얼거리고 있었다. 여자는 얼굴 가까이 다가온 아이의 머리를 아무 생각 없이 쓰다듬었다. 남자는 두 사람의 행동을 외면했다. 그러고 나서 아이가 가버렸다.

"그러니까 그 집은 아주 외딴집이었어요." 안 데바레드가 느릿느릿 말을 이어갔다. "날씨가 더웠다고 말씀하셨죠. 그가 여자에게 나가라고 하면 여자는 순순히 그대로 따랐고요. 그 여자는 종종 나무 밑이나 들판에서 잠들었어요. 마치……"

"그렇습니다." 쇼뱅이 말했다.

"그가 부르면 여자는 가끔 다시 왔죠. 그가 쫓아내면 집을 나갔던 것처럼 말이에요. 그토록 남자에게 복종하는 게 바로 여자가 바라던 바였으니까요. 그 여자는 문 앞에까지 와서도 곧바로 들어오지 않고 그가 들어오라고 할 때까지 기다릴 정도였어요."

"그렇습니다."

안 데바레드는 정신이 나간 듯한 얼굴을 쇼뱅 쪽으로 기울였다. 얼굴이 서로 닿지는 않았다. 쇼뱅이 물러났다.

"그 여자가 당신이 말한 것을 알게 된 건 거기, 바로 그 집에서였어요. 자기가 아마, 저 뭐랄까……"

"그래요, 암캐처럼." 쇼뱅이 또다시 말을 막았다.

이번에는 여자가 물러났다. 그는 잔을 채워 그녀에게 내밀었다.

"전 거짓말을 하고 있었습니다." 그가 말했다.

그 여자는 엉망으로 헝클어진 머리카락을 매만졌다. 연민을 억누르려고 애쓰면서 기진맥진한 상태로 평정을 되찾았다.

"그렇지 않아요." 여자가 말했다.

홀을 비추는 네온 불빛 속에서 그 여자는 경련을 일으키고 있는 쇼뱅의 기괴한 얼굴을 찬찬히 살펴보았다. 그 얼굴에서 눈을 뗄 수가 없었다. 아이가 또다시 보도에서 불쑥 나타났다.

"이젠 밤이야" 하고 아이가 일러주었다.

아이는 문을 향해 길게 하품을 하더니 엄마에게 돌아와 마음이 놓였는지 그 자리에서 콧노래를 흥얼흥얼거렸다.

"정말 늦었어요. 좀더 이야기해주세요. 자, 어서."

"그리고 마침내 이런 생각이 들 때가 왔어요. 그 남자가 여자를 만질 수 있는 건 오직……"

안 데바레드는 목선이 드러난 여름 원피스의 목 언저리로 두 손을 가져갔다.

"여기 말인가요?"

"네, 거기요."

이성을 되찾고 단념하기로 했는지 목 언저리에서 두 손이 내려왔다.

"당신이 떠나버렸으면 좋겠습니다." 쇼뱅이 중얼거렸다.

안 데바레드는 의자에서 일어났지만 홀 한가운데에 못 박힌 듯 우뚝 섰다. 쇼뱅은 괴로워하며 자리에 앉아 있었다. 그는 이제 그 여자가 낯설었다. 호기심을 참지 못한 카페 여주인이 뜨개질감을 제쳐둔 채 노골적으로 두 사람을 번갈아 지켜보았다. 물론 그들은 그것을 알지 못했다. 문 쪽에서 나타나 엄마 손을 잡은 것은 바로 그 아이였다.

"빨리 가, 엄마."

라메르가에는 벌써 불이 환히 밝혀져 있었다. 평소보다 적어도 한 시간이나 늦은 시각이었다. 아이는 마지막으로 한 번 더 소나티네를 흥얼거리더니, 싫증이 났는지 그만두었다. 거리는 거의 텅 비어 있었다. 사람들은 벌써 저녁 식사를 하고 있었다. 첫번째 모래언덕을 지나 라메르가가 여느 때처럼 길게 뻗은 곳에 왔을 때, 안 데바레드는 걸음을 멈췄다.

"너무 피곤하구나." 그 여자가 말했다.

"배도 고픈걸" 하며 아이가 칭얼거렸다.

아이는 이 여인, 엄마의 눈이 젖어서 빛나고 있는 것을 보았다. 그 애는 더 이상 우는소리를 하지 않았다.

"엄마 왜 울어?"

"가끔 그럴 때가 있어. 아무것도 아니란다."

"엄마가 우는 건 싫은데."

"얘야, 이젠 끝났어. 정말로."

아이는 금세 모든 것을 잊어버리고 앞서 달려갔다가 다시 되돌아오며, 모처럼의 밤 나들이를 즐기고 있었다.

"밤에는 집들이 멀게 보여." 아이가 말했다.

7

삼대에 걸쳐 마련한 은접시 위에 원래 모양 그대로 얼린 연어가 도착한다. 왕족처럼 검은 양복에 하얀 장갑을 낀 정장 차림의 사나이가 쟁반을 받쳐 들고 만찬이 시작될 때의 숨 막힐 듯한 고요 속에서 손님 한 사람 한 사람에게 연어를 권한다. 이런 산해진미 앞에서도 아무 말 하지 않는 게 예의인 법이다.

정원의 북쪽 끝에서는 목련꽃이 향기를 토해내고, 그 향기는 모래언덕을 넘고 넘어 멀리 사라져간다. 오늘 저녁 바람은 남쪽에서 불어온다. 한 사내가 라메르가를 배회하고 있다. 한 여자는 그것을 알고 있다.

이런 완벽한 만찬 의식이 드러내놓고 감탄을 하는 어리석은 짓 때문에 갑자기 혼란에 빠지거나 오점을 남기지나 않을까 하는 각자의 숨겨진 두려움 이외에는 그 무엇도 깨뜨릴 수 없는 엄숙한 의식을 따라, 연어는 한 사람에게서 다음 사람에게로 옮아가고 있다. 밖에서는 초봄의 칠흑 같은 밤, 정원의 목련꽃이 처연한 개화를 준비한다.

파도처럼 밀려왔다 밀려가는 바람은 도시의 장애물에 부 딪혔다 다시 불어가고, 꽃향기는 그 사내를 사로잡았다 놓 아주기를 반복한다.

주방에서는 이마에 땀방울이 송송 맺힌 여인네들이 명예 를 걸고 다음 코스의 준비를 끝마친다. 그리고 죽은 오리의 오렌지색 수의壽衣 같은 껍질을 벗겨낸다. 대양의 물속에서 거칠 것 없이 뛰어놀던, 입안에서 살살 녹는 분홍색 연어가 순식간에 원래 모양이 허물어진 채로 완전히 먹혀 없어질, 돌아오지 못할 길을 가는 동안 의식을 망칠세라 자그마한 실수까지 걱정하던 두려움은 점점 사라진다.

한 여자 앞에 앉아 있는 한 남자는 이 낯선 여인을 바라본 다. 그 여자의 젖무덤이 또다시 반쯤 드러나 있다. 여자는 황 급히 드레스의 매무시를 고쳤다. 가슴 사이에서 꽃 한 송이 가 시들어간다. 커다랗게 뜬 두 눈에는 자기 앞에 온 타인의 연어를 덜어 올 수 있을 정도의 분별력이 아직 남아 있다.

주방에서는 준비된 오리 요리가 식지 않도록 불 위에 올 려놓고 한숨을 돌리며, 마침내 그 이야기들을 하기 시작한 다. 오늘 밤 주인마님은 좀 너무한다는 것이다. 어제보다 몹 시 늦은 것은 물론, 손님들이 도착한 지 한참이 지나서야 돌 아왔다는 것이다.

열다섯 명이나 되는 손님이 조금 전까지 아래층의 큰 살 롱에서 그녀를 기다렸다. 그 여자는 이 휘황찬란한 세계로 들어와 그랜드 피아노 쪽으로 가더니, 거기에 팔꿈치를 괴었다. 사과 한마디 없이. 누군가가 그녀를 대신하여 사과했다.

"안이 늦었습니다. 용서하십시오."

10년 동안 그 여자는 남의 입에 오르내린 적이 없었다. 그녀가 오늘 밤과 같은 무례한 행동으로 비난을 받는다고 해도 그것을 깨닫지도 못할 터였다. 굳어진 미소가 그 여자의 얼굴을 그럴싸하게 만들어준다.

"안은 듣지 못했어요."

그 여자는 포크를 내려놓고 주위를 두리번거리며 대화의 흐름을 잡아보려고 애써보지만 안 되는 일이다.

"맞아요." 그녀가 말한다.

누군가가 재차 말한다. 그 여자는 조금 전 다른 곳에서 했던 것처럼 헝클어진 금발을 손으로 가볍게 쓸어 넘긴다. 그 여자의 입술에는 핏기가 없다. 오늘 밤 화장하는 걸 잊은 것이다.

"죄송합니다. 요즘은 디아벨리의 소나티네를 쳐요." 그 여자가 말한다.

"소나티네라고요, 벌써?"

"그래요."

그 질문에 또다시 침묵으로 일관한다. 그 여자는 굳은 미소를 띤 좀 전의 모습으로 되돌아간다. 숲속의 한 마리 짐승처럼.

"그 애가 '모데라토 칸타빌레'가 뭔지를 몰랐다지요?"

"몰랐어요."

목련꽃은 오늘 밤 활짝 필 것이다. 그 여자가 항구에서 오는 길에 꺾어 온 것을 빼놓고는. 시간은 이 잊힌 꽃봉오리 위로도 한결같이 흘러가는 것이다.

"여보, 어떻게 해야 그 애가 그걸 알 수 있었을까?"

"알 수 없었을 거예요."

"그 앤 자나 보죠?"

"네, 자요."

천천히, 연어였던 것의 소화가 시작된다. 그것을 먹은 이 족속들에게 일어나는 흡수 작용은 완벽한 의식처럼 진행되었다. 어떤 것도 그 의식의 엄숙함을 깨뜨리지 않았다. 다른 요리가 따뜻하고 편안하게 오렌지색 수의에 싸여 기다리고 있다. 바다 위로, 길게 누운 그 사내 위로 달이 떠오른다. 이제는 하얀 커튼 사이로 어둠 속에 나타나는 형체와 모양 들을 어렵사리 간신히 알아볼 수 있으리라. 데바레드 부인은 말이 없다.

"알다시피, 제 아들아이도 지로 선생님께 피아노를 배운답니다. 그분이 어제 그 얘기를 해주더군요."

"아, 그래요."

모두 웃는다. 테이블 주변 어딘가에 한 여자가 있다. 앞다투어 재치를 뽐내는 경쟁 속에서 대화의 합창 소리가 고조되어감에 따라, 그렇고 그런 하나의 사회가 점점 모습을 드러낸다. 지켜야 할 예의의 기준이 발견되고, 허물없는 대화가 시도되는 틈이 열린다. 이렇게 해서 일반적으로는 편파적이고, 특별하게는 중립적인 대화의 장에 차츰차츰 이르게 된다. 파티는 성공적이리라. 여자들은 자신의 화사함에 자신만만하다. 남자들은 재력에 따라 자기 여자들을 보석으로 휘감았다. 그들 중 한 사람만이 오늘 밤 자신이 옳은지를 회의하고 있다.

꼭 닫힌 정원에서는 새들이 평화로운 단잠을 자고 있다. 좋은 계절인 것이다. 어린아이처럼 편안한 자세로 잠들어 있다. 연어가 좀더 줄어든 모양으로 다시 지나간다. 여자들은 마지막 한 점까지 먹어치울 것이다. 여자들의 드러난 어깨는 권리가 보장되는 토대 위에 세워진 기득권층의 확고함을 보이며 빛나고 있다. 그 여자들은 그 계층에 알맞게 선택된 것이다. 지나친 행동을 자제하고, 이 사회적 지위에 걸맞게 처신해야 한다고 엄격한 교육을 받았다. 항상 그것을 의식하도록 어렸을 적부터 배워온 것이다. 그 여자들은 특별히 향초가 들어간 초록색 마요네즈가 묻은 입술을 핥으며, 당연히 그래야 한다는 듯 자신의 몫을 열심히 먹고 있다. 남자들은 그런 그들을 바라보며, 그 여자들이 자신의 행복임을 새삼 깨닫는다.

그 여자들 중 하나가 오늘 밤 모두의 왕성한 식욕에 찬물을 끼얹고 있다. 그 여자는 도시의 다른 쪽 끝, 방파제 뒤쪽 기름 저장고가 있는 곳, 지난 10년 동안 그녀에게 허용된 반경인 라메르가와는 정반대쪽에서 정신이 몽롱하도록 포도주를 권하는 한 사내와 함께 있다가 온 것이다. 포도주로 배를 채우는, 있을 수 없는 일을 저지른 이 여인이 뭔가를 먹는다면 기진맥진하고 말리라. 하얀 블라인드 밖의 칠흑 같은 밤, 그 어둠 속에 시간을 주체하지 못하는 외로운 한 사내가 아직 남아, 때로는 바다를, 때로는 정원을 바라보고 있다. 다시 바다, 정원 그리고 자신의 두 손을 번갈아 쳐다본다. 그는 아무것도 먹지 않는다. 그 사내 역시 또 다른 갈망으로 타들어가는 육체를 음식으로 채울 수는 없으리라. 목련꽃의 타는 향이 바람을 타고 날아와, 홀로 핀 한 송이 꽃향기만큼이나 그를 사로잡고 견딜 수 없도록 괴롭힌다. 2층에서는 조금 전 창문에 불이 꺼지고 다시는 켜지지 않는다. 밤이면 참기 힘들 만큼 강해지는 꽃향기가 두려워서 그쪽 창문을 닫아버린 것인지도 몰랐다.

안 데바레드는 쉬지 않고 술을 마신다. 오늘 밤의 포마르주에서는 거리에서 만난 낯선 사내의 입술 같은, 견딜 수 없는 맛이 가시지 않는다.

그 사내는 라메르가를 벗어나 정원을 한 바퀴 돌고, 북쪽 편에서 정원을 에워싸고 있는 모래언덕에 올라가 아래를 내려다본 뒤, 되돌아와 비탈길을 걸어 해변으로 도로 내려갔다. 그러고는 아까 있던 자리에 다시 누웠다. 그는 기지개를 켜고, 바다와 마주한 채 한동안 꼼짝하지 않다가, 몸을 돌려 불 밝힌 전망창 앞에 드리운 하얀 블라인드를 한 번 더 바라본다. 그리고 몸을 일으켜 조약돌을 집어 들고 유리창 하나를 겨누어보다가, 다시 제자리로 돌아와 바닷물에 조약돌을 던져버리고, 길게 드러누워 다시 한번 기지개를 켠 뒤, 어떤 이름을 소리 높여 부른다.

두 여인이 번갈아 서로 도와가며 두번째 요리를 준비한다. 또 다른 제물이 기다리고 있다.

"알다시피, 안은 애 앞에서는 속수무책이랍니다."

그 여자는 더 크게 웃는다. 한 번 더 말한다. 그녀는 또 손을 들어 헝클어진 금발로 가져간다. 눈 주위의 거무스름한 자국이 더 커졌다. 오늘 밤 그 여자는 울었다. 달이 도시 한복판에 둥그렇게 솟아올라 바닷가에 길게 누운 한 사내의 몸뚱이를 비추는 시각이 되었다.

"맞아요." 그 여자가 말했다.

손이 머리에서 내려와 가슴 사이에서 시들어가는 목련꽃에 가서야 멈춘다.

"우리 엄마들은 다 그래요."

"맞아요." 안 데바레드가 대꾸한다.

목련 꽃잎은 벌거숭이 낟알처럼 매끈하다. 꽃잎에 구멍이 날 때까지 손가락으로 비벼대다가, 해서는 안 될 일임을 깨닫고 그만둔다. 두 손을 테이블 위에 올려놓고 기다린다. 태연한 척하지만 헛된 일이다. 들켜버린 것이다. 안 데바레드는 달리 어쩔 도리가 없었다는 변명의 미소를 지으려고 안간힘을 쓴다. 하지만 술에 취해 정숙하지 못한 고백의 표정을 짓고 있다. 험악하게 쏘아보지만 냉정을 잃지는 않는 시선이 있다. 이미 모든 충격에서 고통스럽게 깨어난 것이다. 오래전부터 그런 일이 있으리라고 예상하던 터였다.

안 데바레드는 반쯤 눈을 감은 채 또 한 잔을 단숨에 비운다. 이미 달리 어찌해볼 도리가 없게 된 것이다. 술을 마시며 그때까지는 희미한 욕망으로 존재했던 것에 대해 확신을 갖게 되고, 또 그것을 확인한 데 대한 가당치 않은 위안까지도 발견한다.

차례가 오자 다른 여자들도 술을 마신다. 한결같이 우아하고 흠잡을 데 없는, 그렇지만 어쩔 수 없는 유부녀의 벌거숭이 팔을 들어 올린다. 백사장에서는 그 사내가 오후에 항구 카페에서 들은 노래를 휘파람으로 불고 있다.

달이 뜨고 깊은 밤 추위가 시작되고 있다. 이 사내 역시 춥지 않을 리 없다.

오렌지 소스를 곁들인 오리 요리가 나오기 시작한다. 여자들은 듬뿍 덜어온다. 아름답고 건강한 여자들이 선택되었고, 그 여자들은 그처럼 맛있는 음식을 눈앞에 두고 있는 것이다. 황금색으로 장식된 오리 고기를 보고 목구멍에서 조그맣게 탄성이 터져 나온다. 그중 한 여자는 그것을 보고 현기증을 느낀다. 그 여자의 입은 그 무엇으로도 달랠 수 없는 또 다른 갈망으로 타들어간다. 포도주라면 겨우 진정시킬 수 있을까? 오후에 항구 카페에서 들은 부를 수 없는 노래가 떠오른다. 해변에 누운 사내의 육체는 여전히 고독하다. 조금 전 그 이름을 부른 입이 아직 반쯤 열려 있다.

"고맙지만, 됐어요."

그 사내의 감긴 눈꺼풀 위에는 바람만이 머물고, 만질 수는 없지만 강렬한 목련꽃 향기가 바람에 실려 파도처럼 밀려왔다 사라져간다.

안 데바레드는 조금 전 오리 요리를 사양했다. 그렇지만 음식 접시는 아직 그녀 앞에 멈춰 있고, 그 짧은 순간은 추문이 시작되기에 충분하다. 그녀는 예전에 배운 대로 거절 의사를 분명히 알리기 위해 손을 치켜든다. 더 이상 권하지 않는다. 식탁 주변에 침묵이 자리 잡는다.

"정말이지 먹을 수가 없군요. 죄송합니다."

그 여자는 가슴 사이에서 시들어가는 꽃으로 또다시 손을 가져간다. 그 꽃향기는 정원을 지나 바다로까지 퍼져나가고 있다.

"그 꽃 때문일까요? 향기가 그렇게 진하니" 하고 용기를 내어 말을 꺼내는 사람이 있다.

"이 꽃에는 익숙해서 아무렇지도 않아요. 그 때문이 아니에요."

오리 요리는 제 갈 길을 가고 있다. 그 여자 앞에 앉은 어떤 이가 여전히 냉정하게 주시하고 있다. 그녀는 웃으려고 애써보지만, 부정을 고백하는 절망적이고 추한 모습의 찡그린 얼굴이 되고 만다. 안 데바레드는 취했다.

아픈 게 아니냐고 되묻는다. 그 여자는 아프지 않다

"그 꽃 때문이 아닐까요? 은연중에 구역질을 일으키는 게" 하면서 고집을 부린다.

"그렇지 않아요. 전 이 꽃에 익숙하거든요. 식욕이 나지 않아서 그래요."

이제 그녀를 조용히 내버려 둔다. 오리 요리를 먹어치우기 시작한다. 그 기름진 살은 다른 육체 속에 녹아들 것이다. 거리에 있는 한 사내의 감긴 눈꺼풀이 극에 달한 인내심으로 바르르 떨린다. 기진맥진한 그의 육체가 추위에 떨지만, 따뜻하게 해줄 만한 것이라고는 아무것도 없다. 그의 입은 또다시 어떤 이름을 불렀다.

주방에서는 그 여자가 오렌지 소스를 곁들인 오리 요리를 거절했고, 몸이 아프다는 소식이 전해진다. 다른 이유가 있을 리 없다는 것이다. 여기서는 다른 얘기들을 하고 있다. 아무런 의미도 없는 목련꽃들의 형체가 외로운 사내의 두 눈을 어루만진다. 안 데바레드는 또다시 방금 채워놓은 잔을 들어 마셔버린다. 다른 사람들과는 달리 알코올의 열기가 그 여자가 지닌 마녀의 자궁에 불을 지핀다. 묵직한 꽃 양쪽으로 무겁게 늘어져 있는 가슴 때문에 새삼스레 수척함이 느껴지고 그 여자를 아프게 한다. 부르지 못하는 이름으로 가득 차 있는 입안으로 포도주가 흘러들어 간다. 이 모든 일이 허리가 꺾이는 고통스러운 침묵 속에서 벌어지고 있다.

사내는 백사장에서 일어나 철책으로 다가갔다. 전망창에는 여전히 불이 켜져 있다. 그는 손으로 철책을 잡고 세게 움켜쥔다. 어떻게 그런 일이 아직 일어나지 않았단 말인가?

오렌지 소스를 곁들인 오리 요리가 다시 한번 지나갈 것이다. 안 데바레드는 조금 전과 같은 몸짓으로 자기를 그냥 지나쳐달라고 애원할 것이다. 그녀를 그냥 지나쳐갈 것이다. 그 여자는 소리 없이 허리가 꺾이는 듯한 괴로움으로, 그 타는 듯한 고통으로, 자신의 은신처로 되돌아간다.

사내는 정원 철책을 놓아버렸다. 그는 힘을 써 일그러진 텅 빈 두 손을 들여다본다. 저만치 팔을 뻗으면 닿을 만한 거리에서 운명이 결정되었다.

바닷바람은 여전히 도시 위로 불어간다. 한결 서늘한 바람이다. 사람들은 거의 다 잠자고 있다. 2층의 창문들은 여전히 어두운 채로 잠자는 아이에게 목련꽃 향기가 미치지 않도록 단단히 닫혀 있다. 붉은 모터보트가 그 아이의 순진무구한 꿈속을 헤치고 미끄러져간다.

몇 사람은 오렌지 소스를 곁들인 오리 고기를 한 번 더 먹

었다. 점점 허물없는 대화가 이어지며 시시각각 밤이 깊어

간다.

눈부신 샹들리에의 불빛 속에서 안 데바레드는 입을 다문

채 여전히 미소를 짓고 있다.

사내는 이 정원에서 멀리 떨어진 도시 반대편으로 돌아가

기로 마음먹었다. 정원에서 멀어질수록 목련꽃 향기가 엷어

지고, 대신 바다 내음이 풍겨온다.

안 데바레드는 트집을 잡히지 않으려고 모카 아이스크림

을 조금 먹을 것이다.

그 사내는 자기도 모르게 갔던 길을 되돌아올 것이다. 그

는 목련꽃, 철책 그리고 멀리서 보아도 여전히 불이 밝혀져

있는 전망창을 다시 본다. 오후에 들은 노래를 또다시 흥얼

거리며, 입안을 맴도는 그 이름을 더 크게 부르리라. 그는 지

나갈 것이다.

그 여자는 이번에도 그것을 알고 있다. 가슴 사이에 꽂은

목련꽃은 완전히 시들어버렸다. 한 시간 만에 한여름을 겪

어낸 것이다. 사내는 곧 정원을 지나쳐 더 멀리 갈 것이다.

그가 지나갔다. 안 데바레드는 가슴에 꽂은 꽃을 비틀어대

는 끝없는 몸짓을 계속하고 있다.

"안은 듣지 못했어요."

그 여자는 활짝 웃으려고 해보지만, 마음대로 되지 않는

다. 다시 한번 말한다. 그 여자는 손을 들어 흐트러진 금발을

마지막으로 매만진다. 눈 주위의 검은 자국이 더 커졌다. 오늘 저녁 그 여자는 울었다. 그 여자에게만 들리도록 되풀이하여 말하고 기다린다.

"맞아요." 그 여자가 말한다. "바닷가에 있는 집으로 떠날 거예요. 날씨가 덥겠죠. 바닷가 외딴집에서 말이에요."

"여보" 하고 누군가가 부른다.

"네."

손님들이 식당 옆의 넓은 살롱으로 제멋대로 흩어지는 동안, 안 데바레드는 그 자리를 빠져나와 2층으로 올라갈 것이다. 그녀는 인생의 긴 복도에 있는 전망창을 통해 거리를 내다볼 것이다. 사내는 벌써 거기를 떠난 모양이었다. 그 여자는 아들의 침실로 가서, 가슴 사이의 목련꽃이 짓이겨져도 아랑곳하지 않고 침대 발치, 바닥에 되는대로 드러누울 것이다. 꽃잎은 바스러지고 아무것도 남지 않게 되리라. 그리고 아이의 성스러운 호흡을 따라 오늘 밤 억지로 먹은 타인의 음식물을 오래오래 토해낼 것이다.

복도 쪽으로 열려 있는 출입문께 그림자 하나가 나타나, 어슴푸레한 침실을 더 어둡게 만들 것이다. 안 데바레드는 헝클어진 현실의 금발을 손으로 가볍게 쓸어 넘기리라. 이번엔 그 여자도 사과를 할 것이다.

대꾸가 없을 것이다.

8

　화창한 날씨가 여전히 계속되고 있었다. 예상보다 훨씬 더 오래 계속되는 것이다. 이제 사람들은 날씨 이야기를 할 때마다 미소를 지었다. 한없이 지속될 것 같지만 뭔가 비정상적인 것이 뒤에 숨겨진 수상쩍은 날씨가 아니냐는 것이었다. 그런 날씨야 곧 본색을 드러낼 것이고, 그러면 사람들은 정상을 되찾은 계절의 흐름에 대해 안심하게 될 터였다.

　그날은 요사이 며칠과 비교해봐도 엄청나게 선심을 쓰는 날씨여서 — 물론 계절에 비해서 그렇다는 말이다 — 하늘을 뒤덮은 구름이 좀 흩어지든가, 밝은 햇살이 좀더 오래 비치기라도 하면 날씨가 더 화창하다고, 계절을 앞질러 여름이 성큼 다가왔다고 믿어버릴 정도였다. 늑장을 부리며 해를 가리는 구름은 어찌나 느릿느릿한지, 오늘은 요 며칠 간보다 훨씬 더 날씨가 좋은 것 같았다. 게다가 함께 불어오는 미풍은 앞으로 몇 달 뒤에나 불어와야 할 것 같은 훈훈한 바닷바람이었다.

　그날이 더웠다고 주장하는 사람들도 있었다. 그러나 대다

수의 사람은 화창하기는 해도 덥다고 할 정도는 아니라고
했다 — 화창하다는 것을 부인하는 건 아니었다 — 의견이
없는 사람들도 있었다.

안 데바레드는 마지막으로 항구를 산책한 다음다음 날에
야 다시 왔다. 보통 때보다 약간 늦게 도착했다. 쇼뱅은 멀리
방파제 뒤에서 그녀를 알아보자마자 카페로 들어가 기다리
고 있었다. 그 여자 옆에는 아이가 없었다.

안 데바레드는 구름 사이로 햇살이 길게 비치고 있을 때
카페에 들어왔다. 카페 여주인은 어두컴컴한 바에서 그녀를
향해 눈을 들지도 않고 빨간 털실로 뜨개질을 계속했다. 털
실로 뜬 부분이 벌써 꽤 넓어져 있었다. 안 데바레드는 그전
에 앉았던 홀 안쪽 테이블에서 쇼뱅과 자리를 함께했다. 쇼
뱅은 어제 면도를 한 뒤 오늘 아침에는 수염을 깎지 않은 채
였다. 안 데바레드 역시 누구에게 얼굴을 보일 때면 늘 하던
평소의 화장을 잊고 있었다. 두 사람 중 어느 누구도 그걸 알
아차리지 못하는 것 같았다.

"혼자 오셨군요." 쇼뱅이 말했다.

그 여자는 이 말을 듣고도 한참 뒤에야 그 뻔한 사실을 인
정했다. 얼버무리려다가 그게 잘되지 않자 스스로도 깜짝
놀랐다.

"네."

숨 막히도록 단순한 이 고백을 모면하려고, 그 여자는 카

페 출입문 쪽, 바다를 향해 몸을 돌렸다. 도시 남쪽에 있는 라코트 제철소에서는 윙윙 기계 돌아가는 소리가 나고 있었다. 항구에서는 여느 때처럼 모래와 석탄이 부려지고 있었다.

"날씨가 참 좋아요." 그 여자가 말했다.

쇼뱅도 그녀처럼 밖을 내다보고 별 뜻 없이 그날의 날씨를 살폈다.

"이렇게 빨리 일이 진행되리라고는 생각지 못했습니다."

두 사람 사이에 침묵이 꽤 오래 계속되자, 카페 여주인은 초조한 기색도 전혀 없이 가만히 자기 자리로 돌아가 라디오를 켰다. 머나먼 낯선 도시에서 한 여인이 노래를 불렀다. 쇼뱅에게 다가간 것은 바로 안 데바레드였다.

"이번 주부터는 저 대신 다른 사람이 우리 애를 지로 선생님 피아노 레슨에 데려갈 거예요. 결국 제가 동의하고 말았답니다."

그 여자는 남은 포도주를 조금씩 홀짝거렸다. 잔이 비었다. 쇼뱅은 술을 더 시키는 것을 잊었다.

"그게 나을 것 같습니다." 쇼뱅이 말했다.

손님이 한 명 들어와 혼자 심심해서 어쩔 줄 모르더니 역시 포도주를 주문했다. 카페 여주인이 그에게 포도주를 가져다주고, 부르지도 않았는데 홀에 있는 다른 두 사람에게도 술을 따라주러 왔다. 그 둘은 카페 여주인에게 고맙다는 말 한마디 없이 단숨에 술을 들이켰다. 안 데바레드가 급하게 말했다.

"지난번에 여기서 마신 술을 다 토하고 말았답니다." 그여자가 말했다. "술을 마시기 시작한 게 얼마 되지 않아서요……"

"이제부터 그런 건 별로 중요하지 않습니다."

"제발……" 그 여자가 애원했다.

"어쨌든 우리가 이야기를 나눌지 말지 결정을 하는 게 좋겠습니다. 좋으실 대로 말입니다."

그 여자는 카페를 찬찬히 둘러보고, 남자를 살폈다. 그곳 전부를, 그리고 그 남자를…… 오지 않는 구원의 손길을 애원하면서.

"전에도 가끔 토한 적이 있지만 이번과는 다른 이유에서였죠. 항상 전혀 다른 이유가 있었어요. 아시겠어요. 잠깐 사이에 그렇게 엄청난 포도주를 한꺼번에 마신 적이라고는 없었거든요. 그래서 토했죠. 멈출 수가 없었어요. 절대로 멈출 수 없을 것 같았어요. 그런데 갑자기 그게 안 되는 거예요. 아무리 애를 써도 소용이 없었어요. 제 의지만으로는 안 되는 일이었어요."

쇼뱅은 테이블에 팔꿈치를 괴고서 손으로 머리를 감싸 안았다.

"피곤하군요."

안 데바레드가 잔을 채워 그에게 내밀었다. 쇼뱅은 거부하지 않았다.

"입을 다물 수도 있는데" 하고 그 여자가 변명조로 말했다.

"안 됩니다."

그는 테이블 위 자기 몸 그림자가 만들어낸 그늘 속에 놓인 그 여자의 손 옆으로 자기 손을 가져갔다.

"여느 때처럼 정원 문에는 자물쇠가 채워져 있더군요. 바람도 거의 없는 화창한 날씨였죠. 아래층 전망창에는 불이 밝혀져 있었습니다."

카페 여주인은 빨간 뜨개질감을 치워놓고 컵을 씻었다. 그들이 계속 더 있을지를 알아보려고 애쓰지 않았다. 처음 있는 일이었다. 작업 종료 시각이 다가오고 있었다.

"이젠 시간이 많지 않습니다." 쇼뱅이 말했다.

해가 기울기 시작했다. 그는 태양이 홀 안쪽 벽에 그리고 있는 황갈색의 느린 움직임을 눈으로 따라갔다.

"그 아이는," 하고 안 데바레드가 입을 열었다. "당신께 그 이야기를 할 시간이 없었어요……"

"압니다." 쇼뱅이 말했다.

그 여자는 테이블 위에 있던 자신의 손을 끌어당기고, 아직 거기에 놓인 채 떨고 있는 쇼뱅의 손을 오래오래 바라보았다. 여자는 가느다랗게 안타까운 신음 소리를 내기 시작했다 — 라디오 소리에 묻혀버렸지만 — 그 소리는 오직 그 남자에게만 들렸다.

"가끔씩 이런 생각이 들어요. 제가 그 아이를 상상으로 만들어낸 게 아닌가 하는……" 그 여자가 말했다.

"그 아이 얘기라면 알고 있습니다." 쇼뱅이 거칠게 대답했다.

안 데바레드의 신음 소리가 다시 흘러나와 더 커졌다. 그녀는 다시 손을 테이블 위에 놓았다. 그는 여자의 행동을 눈으로 좇다가, 결국 고통스럽게 알아차리고, 납덩이처럼 무거운 손을 들어 그 여자 손 위에 포개놓았다. 그들의 손은 너무도 차가워서 오직 그렇게 되었으면 하는 소망 속에서만 환각으로 서로 스쳐 갔다. 지금과 같이 소망 속에서 말고는 달리 이루어질 수 없었다. 그들의 손은 죽음의 포즈로 굳어진 채 그렇게 머물러 있었다. 그러자 안 데바레드의 신음 소리가 그쳤다.

"마지막이에요. 말해주세요." 그녀가 애원했다.

쇼뱅은 안쪽 벽에 시선을 두고 여전히 딴전을 피우며 망설였다. 그러고는 추억인 양 그 이야기를 하기로 마음을 정했다.

"그전에는, 그 여자를 만나기 이전에는, 언젠가 그런 욕망이 찾아오리라고는 상상도 못 했을 겁니다."

"그 여자도 전적으로 동의했을까요?"

"놀랍게도."

안 데바레드는 눈을 들어 멍하니 쇼뱅을 바라보았다.

그 여자의 목소리가 어린아이처럼 가늘어졌다.

"어느 날 그에게 찾아온 그 욕망이 왜 그처럼 굉장한 것이었는지 좀 알고 싶군요."

쇼뱅은 여전히 그녀를 보지 않았다. 착 가라앉은 그의 목소리는 울림이 없이 무미건조했다.

"알려고 애쓸 필요는 없습니다. 그런 것까지 이해할 수는 없으니까요."

"그처럼 접어두어야 하는 문제가 있단 말인가요?"

"제 생각엔 그렇습니다."

안 데바레드의 얼굴에 백치 같은 어두운 표정이 떠올랐다. 창백하다 못해 납빛이 된 입술이 곧 울음을 터뜨릴 것처럼 실룩거리고 있었다.

"그 여자는 남자를 말리려는 어떤 시도도 하지 않죠." 그녀가 기어드는 목소리로 말했다.

"그렇습니다. 술을 좀더 할까요?"

그 여자는 여전히 포도주를 홀짝거렸고, 남자도 이어서 술을 마셨다. 잔에 닿은 그의 입술도 떨리고 있었다.

"시간이……" 하고 그가 말했다.

"시간이 오래 걸릴까요?"

"그렇습니다. 시간이 많이 필요하죠. 하지만 전 아무것도 모릅니다." 그리고 그는 몹시 나지막하게 이 말을 덧붙였다. "저도 부인과 마찬가지로 아무것도 모릅니다. 전혀 말입니다."

안 데바레드가 눈물을 쏟지는 않았다. 그녀는 몽상에서 깨어난 듯 금방 차분한 목소리를 되찾았다.

"그 여자는 다시는 말하지 않을 거예요." 그녀가 말했다.

"천만에요. 어느 날, 어느 화창한 날 아침 뜻밖에 그 여자는 아는 사람과 마주칠 거고, 인사할 수밖에 없겠죠. 아니면 어떤 아이 노랫소리를 듣고, 날씨가 좋으면, 날씨가 좋다고 말하겠지요. 그렇게 해서 다시 시작될 겁니다."

"그렇지 않아요."

"부인께선 그렇게 믿고 싶겠죠. 아무려면 어떻습니까."

사이렌이 떠나갈 듯 크게 울렸다. 그 소리는 시내 구석구석은 물론, 바닷바람에 실려 저 멀리 변두리와 주변 도시에까지 우렁차게 들렸다. 황갈색이 더욱 짙어진 석양빛이 흙벽을 쓸어갔다. 황혼 무렵이면 종종 그렇듯, 하늘이 오히려 고요하게 부푼 구름 속에 머무르고, 구름을 벗어난 태양은 마지막 불길을 사르며 빛나고 있었다. 그날 저녁 사이렌은 그칠 줄을 몰랐다. 그렇지만 다른 날 저녁처럼 결국 그치고 말았다.

"전 두려워요." 안 데바레드가 속삭였다.

쇼뱅은 테이블로 다가가 그 여자를 더듬어 찾았다. 찾다가 포기해버렸다.

"못 하겠습니다."

그래서 그가 할 수 없었던 일을 그 여자가 했다. 여자는 입술이 서로 닿을 만큼 남자에게 가까이 다가갔다. 차디찬 그들의 입술은 조금 전 그들의 손과 같이 죽음의 의식을 따라 서로 포개진 채 떨면서 그렇게 머물렀다. 이루어졌다.

벌써 근처의 길에서는 한가하고 기분 좋게 서로를 부르는 소리가 간간이 뒤섞인 웅성거림이 조금씩 들려왔다. 병기창 정문이 열리고 800명의 남자가 쏟아져 나오고 있었다. 거기서 멀지 않은 곳이었다. 아직 석양이 빛나고 있었지만, 카페 여주인은 바 위쪽 계단 난간에 환하게 불을 밝혔다. 그녀는 잠시 망설이더니 이젠 아무 말도 하지 않고 있는 두 사람에게 다가갔다. 그리고 최고의 친절을 발휘하여, 주문하지도 않았건만 잔을 채워주었다. 술을 따른 뒤에도 무슨 말인가를 하려고 하면서, 함께 붙어 있는 두 사람 곁에서 미적거리더니 할 말을 찾지 못하고 멀어져갔다.

"전 두려워요." 안 데바레드가 다시 말했다.

쇼뱅은 대답하지 않았다.

"두렵다니까요!" 안 데바레드는 거의 울부짖었다.

쇼뱅은 여전히 대꾸하지 않았다. 안 데바레드는 이마가 테이블에 닿을 정도로 몸을 굽히고 그 두려움을 참아냈다.

"다들 우리가 와 있는 여기쯤에서 그만둘 겁니다." 잠시 후 그는 이렇게 덧붙였다. "심심찮게 있는 일이지요."

노동자들 한 무리가 들이닥쳤다. 그들은 전에도 두 사람을 본 적이 있었다. 그들은 카페 여주인이나 마을 사람들과 마찬가지로 두 사람의 일에 대해 훤히 알고 있었기 때문에 애써 외면했다. 예의상 목소리를 낮춘 온갖 대화의 합창 소리가 카페 안을 가득 채웠다.

안 데바레드는 일어나 테이블을 가로질러 또다시 쇼뱅에게 다가가려고 했다.

"그렇게는 못 할 것 같아요." 그 여자가 속삭였다.

그에게는 안 들리는 모양이었다. 그 여자는 윗옷을 끌어당겨 꼭 여미고는 좀 전과 똑같은 거친 신음 소리에 사로잡혔다.

"안 되겠어요." 그 여자가 말했다.

쇼뱅이 그 말을 들었다.

"1분이면 우린 그렇게 할 수 있을 겁니다." 그가 말했다.

안 데바레드는 1분을 기다려 의자에서 일어나려고 했다. 성공이었다. 몸을 일으킨 것이다. 쇼뱅은 다른 곳을 보고 있었다. 남자들은 여전히 이 부정한 여자에게 눈길을 주지 않으려고 무진 애를 썼다. 그녀는 누가 일으키듯 자리에서 일어났다.

"당신이 죽었으면 좋겠습니다." 쇼뱅이 말했다.

"그대로 되었어요." 안 데바레드가 말했다.

안 데바레드는 다시 의자로 돌아가 앉는 일이 일어나지 않도록 자리에서 비켜났다. 그리고 한 걸음 뒤로 물러섰다가 뒤돌아섰다. 쇼뱅의 손이 허공을 휘젓고 테이블 위로 다시 떨어졌다. 하지만 그 여자는 이미 그가 있는 자리를 떠났기 때문에 그것을 보지 못했다.

　바에 앉아 있는 남자들의 무리를 헤치고 나온 그 여자는 그날의 종막을 고하는 붉은 노을 속에서 석양과 다시 마주했다.

　그 여자가 떠난 뒤 카페 여주인이 라디오 볼륨을 높였다. 몇 사람이 너무 시끄럽다고 불평을 했다.

절대적 사랑을 찾아 헤매는 언어의 모험

　마르그리트 뒤라스는 1914년 프랑스령 인도차이나에서 태어났다. 아주 초기에 남편을 잃은 뒤라스의 어머니는 원주민 학교의 교사로 지독한 가난 속에서 세 아이를 양육한다. 여기서 뒤라스는 인도차이나 백인 사회의 최하류층으로서, 원주민도 아니고 그렇다고 식민지의 상류 관료도 아닌 이중의 소외를 경험한다. 열여덟 살에 프랑스로 돌아온 작가는 초기 작품 『태평양을 막는 방파제』(1950)에서 이러한 소녀 시절의 추억을 사실주의적 색채로 펼쳐놓는다.

　뒤라스는 전통적 양식의 몇몇 소설을 발표한 뒤, 새로운 기법의 소설을 내놓는다. 절대적 사랑을 통해 삶에 의미를 부여하고 고독에서 벗어나려는 인간들의 모습을, 서술이 드물고 대화가 주를 이루며 설명이 배제된 간결한 이야기 속에서 그려내기 시작하는 것이다. 『여름날 밤 10시 반』(1960), 『롤 V. 슈타인의 황홀』(1964), 『부영사』(1965) 등의 작품이 여기에 해당되는데, 『모데라토 칸타빌레』(1958), 『영국 애인』(1967)에서는 이런 시도가 범죄나 광기의 모습을 취하기도 한다. 삶의 의미를 찾지 못한 채 몽유병자와 같은 삶을 이어가는 여주인공들은 획기적인 그 무엇인가가 일어나기를 갈망하던 중, 극적 사건을 보거나 겪으면서 존재의 내면에 균열이 갈 정도로 충격을 받고 그에 매혹되어 환상을 뒤쫓게 된다.

작가는 『파괴하라, 그녀는 말한다』(1969), 『사랑』(1971) 등 절제와 암시, 극도의 압축으로 특징되는 작품들을 잇달아 발표하는 한편, 같은 내용을 가지고 소설·희곡·시나리오 등 장르를 넘나드는 실험을 하기도 하고, 직접 영화 제작에 관여하기도 한다. 그리고 『연인』(1984)에 이르러 1930년대의 인도차이나로 되돌아가 애정 없는 가족, 가난으로 황폐해진 어머니, 출구 없는 사춘기의 권태와 허무를 떨쳐버리기 위해 빠져들었던 중국 청년과의 사이에서 겪은, 죽음을 생각할 정도로 격렬했던 쾌락, 그리고 무엇인가를 써보고 싶었던 욕망에 대한 이야기로 공쿠르 상을 수상한다. 여기에서 못다 한 이야기는 『북중국에서 온 연인』(1991)에서 계속된다.

작가는 『모데라토 칸타빌레』에서 죽음으로 완성되는 절대적 사랑을 찾아 헤매는 한 여인의 내적 갈등의 역정을 간접적 문체 기법, 보류와 암시의 언어를 통해 펼쳐 보인다. 총 8장으로 이루어진 이 소설은 여주인공 안 데바레드의 아들이 피아노 레슨을 받는 장면(1, 5장), 안이 노동자 쇼뱅과 만나는 카페 정경과 대화(2, 3, 4, 6, 8장), 그리고 안의 저택에서 열리는 만찬의 장면(7장)으로 구성되어 있다.

안 데바레드는 소도시 공장주의 아내로 아들 하나를 두고 있으며, 10년 전 결혼한 이래 남의 입에 오르내린 적이라고는 없는 완벽한 처신을 해왔다. 그러나 하루하루 판에 박은 듯한 삶을 살며, 모든 것이 그녀의 존재 범위 밖에서 이루어지는 까닭에 정원에 있는 너도밤나무 하나 마음대로 처분하지 못하는 처지이다. 그렇지만 목련꽃이 피는 초봄이면 그 짙은 향기 때문에 몸살을 앓고, 잠 못 이루는 밤이면 창문을 통해 본 노동자들의 모습을 떠올려보는 데서부터 일탈의 기미가 엿보이기 시작한다. 어느 날 그녀는 라메르가의 적막한 저택을 벗어나, 어쩌면 금지된 구역일 수도 있는 곳, 하늘이 매연으로 뒤덮인 공장 지대에서 멀지 않은 시끌벅적한 부둣가에서 아이에게 피아노 레슨을 받게 할 생각을 해내기에 이른다.

곧이어 그녀는 죽음으로 실현되는 절대적 사랑의 장면으로 여겨지는 살인 사건을 목격하게 되고, 내면에 억눌려 있던 본능이 눈을 뜨기 시작한다. 사내가 여인의 뜻에 따라 그녀를 살해하고 자신도 피투성이가 된 채 죽은 여인을 애무하는 광경을 본 것이다. 그것은 삶과 죽음이 서로에게 스며드는 입맞춤으로, 사랑 때문에 죽음을 택함으로써 그 욕망이 일상 속으로 추락하는 것을 막고 정열을 더욱 불타오르게 하는 장면이었다. 이처럼 사랑의 광기로 관통된 죽음은 안에게 살아 있는 매혹적인 것이 된다.

이제부터 완전한 사랑을 재현하려는 안의 내적 모험이 시작된다. 그것은 상류층의 주거지와는 정반대편 공장 지대에 위치한 카페를 드나들며, 노동자 쇼뱅을 만나 싸구려 포도주를 마시면서 살인 사건의 두 주인공을 재현함으로써 그들이 도달한 경지를 맛보려는 시도로 구체화된다. 자신도 전에 죽어가던 여인의 비명과 같은 비명을 지른 적이 있다는 주장을 통해 자신과 살해된 여인을 동일시함으로써 그 사랑을 되살려보려고 안간힘을 쓰는 것이다. 죽음으로 완성된 사랑은 목도한 그 순간 시간 속에 매몰되어버렸지만, 안과 쇼뱅은 상상과 허구 속에서 자신들이 두 죽음의 연인에게서 느꼈다고 믿는 것, 상상이 현실에 중첩시킨 것을 재창조해 간다. 안은 이 내적 모험을 통해 사랑하는 사람의 손에 죽기를 원할 정도로 사랑하는 것이 어떻게 가능한지를, 사랑 속에서의 소진이 어떤 것인지를 이해하고자 한다. 마침내 "당신이 죽었으면 좋겠습니다"(112쪽)라는 쇼뱅의 바람은 "그대로 되었어요"(같은 곳)라는 안의 대답으로 완성된다. 그러나 자세히 들여다보면 안과 쇼뱅의 모험은 언어 차원에서 이루어지는 것일 뿐, 실제로 일어난 일이라고는 "그들의 손은 너무도 차가워서 오직 그렇게 되었으면 하는 소망 속에서만 환각으로 서로 스쳐 갔다. 지금과 같이 소망 속에서 말고는 달리 이루어질 수 없었다. 그들의 손은 죽음의 포즈로 굳어진 채 그렇게 머물러 있었다"(108쪽), "차디찬 그들의 입술은 조금 전 그들의 손과 같이 죽음의 의식을 따라 서로 포개진 채 떨면서 그렇게 머물렀다"(111쪽) 같은 정도일 뿐이다. 그러나 그들은 "이루어졌다"(같은 곳)고 생각한다. 두 사람의 결정적 행보는 환각 속에서 서로 스친 두 손과 입술, 그리고 말로써 이루어지는 죽음일 뿐, 더 이상의 구체적 행동에는 이르지 못한 것이다.

이처럼 우연히 목도한 절대적 사랑의 실체를 찾아 가망 없는 언어의 유희를 계속하는 안 데바레드는 전형적인 뒤라스의 여인이다. 『지브롤터의 선원』(1952)의 여주인공 안나는 찾을 수 없는 선원을 찾아 온 세계를 떠돌고, 『작은 공원』(1955)의 하녀는 고독과 무력감 속에서 살아가는 현재의 자신을 구원해줄 누군가를 기다리며 행상과 부질없는 대화를 이어간다. 『롤 V. 슈타인의 황홀』의 롤에게는 처음부터 무엇인가가 결핍되어 있었다. 롤은 약혼자 마이클 리처드슨이 자신을 버리고 안-마리 스트레테르에게 매료되는 것을 보면서도 고통을 느끼지 못한다. 그녀는 두 사람에게서 절대적 사랑의 구현을 보았기 때문이다. 그때부터 롤의 인생은 과거의 이 순간에 멈춰진 채, 그 두 사람의 황홀을 간접 체험하려는 착란의 행로를 걸어간다. 안이 쇼뱅을 통해 살인 사건의 두 주인공을 재현해내려고 애쓰는 것처럼. 『여름날 밤

10시 반』의 마리아는 아내와 정부를 살해한 도망자 로드리고를 집요하게 뒤쫓고 있다. 로드리고는 단순히 환영에 불과할지도 모른다. 하지만 적어도 마리아에게 로드리고는 안의 눈에 비친 정염 살인의 남자 주인공처럼 다시는 만날 수 없을 광적인 사랑의 낙원에 피어난 한 떨기 검은 꽃, 기적과도 같은 존재인 것이다.

하지만 안타깝게도 뒤라스의 여인들이 갈망하는 그 순간은 이미 완결되어 사라졌다. 일단 실현된 찰나적 섬광은 지속되지도 되풀이되지도 않는다. 그것은 일종의 계시이며, 계시는 반복되지 않는 것이다. 그러나 라캉이 갈파했듯, 그들은 부재의 대상에 의해 역동화된 욕망을 따라 끝 모를 방황을 계속한다.

이 작품에서는 소나티네가 배경 음악을 이루고 있으며 '모데라토 칸타빌레'는 그 연주 방법의 지시이다. 가에탕 피콩 Gaëtan Picon은 침묵과 공허로 독자를 사로잡는 이 이야기의 애잔한 어조, 조심스러운 주문呪文의 목소리가 바로 '모데라토 칸타빌레,' 즉 '보통 빠르기로 노래하듯이'라고 말하고 있다. 음악은 소년이 연주하는 피아노의 멜로디로 혹은 그것을 들은 남자 주인공의 흥얼거림으로 전편을 지배한다. 그러나 마지막에서 안은 반-음악적인 라디오 소음 속에서 황혼의 붉은빛을 향해 사라져간다. 아이와 음악을 빼앗긴 그녀, 이미 상징적 죽음의 세계로 들어간 그녀에게 남은 것은 광기뿐이리라.

첫머리의 살인 사건을 제외하고는 이렇다 할 극적 사건
도, 급박한 국면의 전환도 찾아보기 힘들다. 게다가 여주인
공의 내면적 암중모색의 돌파구가 되는 그 살인 사건마저도
비명으로 대체되고, 독자에게 보이는 것은 피를 흘리며 쓰
러져 있는 여인과 그녀를 애무하는 애인인 듯싶은 남자의
모습, 격렬한 행위의 결과일 뿐이다. 윤곽만이 대략 그려지
고 알맹이는 텅 비어 있는 이 소설에서 독자는 여주인공과
함께 이 공허를 메워가야만 한다. 작가의 설명이나 주인공
자신에 의한 감정의 분출도 전혀 없다. 이렇듯 지루할 정도
로 담담히 이어지는 실체 없는 대화의 이 소설이 그리도 사
람들의 마음을 끄는 까닭은 무엇일까?

장 피에로Jean Pierrot는 그것을 전통 소설의 설명과 심리
분석을 대신하는 문체 기법의 섬세함에서 찾고 있다. 작가
는 안이 겪는 위기에 대해 최소한의 힌트만을 제시하고 그
녀의 혼란과 감정적 갈등을 표현할 때조차 서정적 장광설
을 늘어놓는 법이 없다. 따라서 강렬한 심리적 위기의 순간
에도 소설의 정서적 온도나 흐름이 고조되는 일이 없는 것
이다. 한순간의 고요 속에 영원의 소리가 담기듯, 침묵으로
일관된 긴장 속에 놓여 있는 주인공의 위기가 냉정하면서도
극적으로 그려지는 글쓰기 기법이 선택된 것이다. 이는 『모
데라토 칸타빌레』가 작가 자신이 겪은, 죽음을 생각할 정도

로 강렬한 성적 체험에서 비롯되었다는 데 기인한다. 작가
는 1969년 위베르 니센Hubert Nyssen과의 인터뷰에서 다음과
같이 밝히고 있다.

처음으로 밝히는 것인데, 『모데라토 칸타빌레』에서 나
는 비밀스레 겪어낸 개인적 체험을 전달하려고 했어요. 하
지만 외설적이라는 평을 받을까 두려워 이 경험 주변에
벽을 쌓고 거울로 둘러놓았지요. 경험이 격렬했던 만큼 더
욱 엄격한 형식을 택한 것이랍니다. 이 작품 속에는 내가
숨어 있어요. 다른 어느 작품에서보다 더욱더 말입니다.

따라서 이 작품에서는 벽을 세우지만 거울을 사용하여 반
사시키는 기법, 가리면서도 보여주는 유연하고 간접적인 방
식이 사용된다. 묘사나 분석, 설명은 사라지고, 암시가 담긴
간결함이 작품을 지배한다. 성격의 묘사나 사건의 기술도
명시적이고 직접적인 수단을 통해서가 아니라 간접적인 문
체적 수단을 이용해 전달된다. 서술자의 짧은 개입을 제외
하고는 인물들의 대화가 간접적으로 드러내주는 것, 불완전
하고 불규칙하나마 ─ 손 떨림, 순간순간의 눈빛의 동요, 격
렬해지는 태도 같은 ─ 그들의 행동에서 언뜻언뜻 엿보이는
것을 통해 독자는 해독을 시도해야 하는 것이다. 두 사람 사
이의 대화 역시 상궤를 벗어나는 것이 보통이다. 대화는 점

점 간결해지고 모호해지면서 차폐되어 숨은 의미와 짧은 암시로 가득하다. 작품의 많은 부분을 차지하는 안과 쇼뱅의 대화에서, 쇼뱅은 마치 심리 치료사처럼 방금 표면으로 솟아오르기 시작한 안의 일탈의 욕망을 포착하고 그것을 현동화시켜 끌고 가려는 집요한 시도를 계속한다. 그러나 그 결말은 석양 나절 카페의 정경으로 요약된다. "홀 안쪽 벽이 석양빛을 받아 환해졌다. 짝을 이룬 두 사람의 그림자가 벽 한가운데서 검게 너울거렸다."(44쪽) 석양빛이 이 두 주인공에게 스포트라이트처럼 쏟아지지 않는다. 비록 짝을 이루고 있지만, 그들은 환해진 벽에 검은 공동空洞을 만드는 그림자로 환원되어 부질없이 너울거릴 뿐이다.

특히 만찬 장면은 앞에서 전개된 사건들과 나중에 계속될 내용을 아우르면서 여주인공이 겪고 있는 위기의 절정을 보여준다. "목련 꽃잎은 벌거숭이 날알처럼 매끈하다. 꽃잎에 구멍이 날 때까지 손가락으로 비벼대다가, 해서는 안 될 일임을 깨닫고 그만둔다. 두 손을 테이블 위에 올려놓고 기다린다. 태연한 척하지만 헛된 일이다. 들켜버린 것이다. 안 데바레드는 달리 어쩔 도리가 없었다는 변명의 미소를 지으려고 안간힘을 쓴다. 하지만 술에 취해 정숙하지 못한 고백의 표정을 짓고 있다."(96~97쪽) 그러나 "이 모든 일이 허리가 꺾이는 고통스러운 침묵 속에서"(100쪽) 일어난다. 저 깊은 곳에서 암중모색을 하던 안의 본능이 사회적 금기의 벽을 허물고 표면으로 부상하여 그 존재를 모두에게 드러내버린 찰나지만 작가의 개입이나 주인공 자신에 의한 감정 표출은 찾아볼 수 없다. 이런 추문 앞에서도 남편은 결코 동요하지 않는다. "험악하게 쏘아보지만 냉정을 잃지는 않는 시선이 있다."(97쪽) 작가는 남편을 직접 지시하는 명사나 주어 인칭대명사를 사용하지 않고 시선을 주어로 하는 문장을 통해 분노의 주체를 바꾸어버림으로써 잔인하지만 손님들 앞에서 예의를 잃지 않는 절제의 전형을 실현해 보이고 있다.

이러한 효과는 분명한 대상을 부정대명사 'on'으로 대리하거나 부정관사 'un' 'une'을 사용하여 지시하는 경우에도 얻어진다. "복도 쪽으로 열려 있는 출입문께 그림자 하나가 나타나, 어슴푸레한 침실을 더 어둡게 만들 것이다. 〔……〕 이번엔 그 여자도 사과를 할 것이다. 대꾸가 없을 것이다."(102쪽) 첫번째 문장의 주어는 그림자 하나une ombre이고, 마지막 문장의 주어는 일반인 주어on이며, 둘 다 남편을 지시한다. 그러나 남편의 존재 그리고 그의 분노까지도 주체의 애매함에 의해 희미해지고, 소설에서는 결코 감정의 폭발이 일어나는 일 없이 낮은 어조가 유지된다. 화려한 만찬이 완벽한 의식처럼 성공적으로 진행되어갈 때, 남편은 안이 다른 남자를 갈망하며 흐트러진 태도를 하고 있는 것을 발견한다. 만찬을 주관해야 할 안주인으로서 이미 술에 취한 채 늦게 귀가하는 무례를 범한 터였다. "한 여자 앞에 앉아 있는 한 남자는 이 낯선 여인을 바라본다. 그 여자의 젖무덤이 또다시 반쯤 드러나 있다."(91쪽) 이러한 극적인 장면에서 남편과 아내가 한 남자un homme, 한 여자une femme로 익명화됨으로써 남편의 분노가 숨죽여진 것으로 표현될 수 있는 것이다. 또한 안의 모험의 대상인 쇼뱅과의 관계에서도 부정관사가 사용되어 정확한 주체가 존재하는 대상에게서 정체성을 지워버림으로써 안의 정열이 향하는 대상의 구체성을 약화시키고 모호하게 만들어버린다. 백사장에서 쇼뱅이 흥얼거리는 노래, 만찬장에서 안에게 떠오른 노래, 서로를 갈망하며 부르는 이름 등의 경우도 마찬가지다. 이와 같은 미확정의 표현들은 언어적 표현을 압도하는 억눌려진 감정의 존재를 시사하면서 그 자체로는 일반적이고 무감동한 부정관사와 부정대명사에 오히려 역동성을 부여한다.

주목해야 할 또 하나의 기법은 레오 스피처Leo Spitzer가 말한 거리감을 나타내는 지시형용사의 쓰임이다. 지시형용사는 거리감을 두고 바라보는 냉정한 시선을 나타낸다. 더구나 지시형용사가 익명화의 부정관사와 중첩될 때 그 효과는 배가된다. 남편과 아내가 모두 부정관사에 의해 완전히 익명화되어 있는 데다가 지시형용사를 수반한 "낯선"이라는 형용사가 덧붙여진다. 이 거리감은 'inconnue'의 어휘 의미에서도 비롯되지만 'cette'는 이 부부의 관계를 결정적으로 단절시켜 의사소통의 차단, 내밀한 일치의 부재를 더 도드라지게 만든다. 특히 안이 피아노 레슨에 데려가는 아들은 이름이 없으며 총칭적 단어 "아이"로만 지시되는데 이 단어가 수반하는 정관사와 지시형용사의 교체는 흥미로운 시사를 던져준다. 아이는 현재 상황 그대로의 안의 자아의 표상이다. 부유한 공장주의 아내이며 한 아이의 엄마라는 것은 부인할 수 없는 현실이다. 그러나 아이가 강요된 모데라토 칸타빌레의 음계에 저항하듯이, 안에게서도 정염 살인의 목격을 계기로 저택에서 누리는 권태로운 일상을 거부하고 싶은 본능이 눈을 뜨기 시작한다. 아이가 피아노 교육이라는 부르주아의 계율에 반항할 때, 이를 바라보는 안에게 아이는 'cet enfant'으로 지시되어 모자를 한 몸으로 이어주는 'son enfant'의 인간적 온기를 제거해버린다. 이러한 거리감은 아래층에서 들려온 살인 사건의 비명 소리에 놀란 아이를 끌어안는 장면의 소유형용사와 대조를 이룬다. 결국 안이 아이를 지칭할 때 나타나는 'mon enfant'과 'cet enfant'의 교체는 모자 관계의 밀착 정도를 반영한다. 소년은 안의 중립적 현실로서 안이 아이에게 억지로 음계를 강요하거나 또는 쇼뱅과의 모험에 깊이 빠져들 위험이 있을 때면, 소년과 안 사이에는 거리가 생겨나며 그것이 거리감을 나타내는 지시형용사에 의해 표출된다고 할 수 있을 것이다. 쇼뱅이 이 아이를 'cet enfant'이라고 칭하는 것도 쇼뱅의 입장에서 아이는 안이 속하는 사회의 뛰어넘을 수 없는 벽의 표상이기 때문이다. 또한 기성 질서의 수호자 역할로 표상되는 피아노 선생이 반항하는 아이를 줄곧 'cet enfant'이라고 지칭하는 것도 거리감의 반영이라고 할 수 있을 것이다.

풍자 역시 간접적이고 교묘하다. 이 소설은 익명의 항구 도시에서 펼쳐지고, 만찬이 열리는 안의 저택 역시 세부가 명료하게 묘사되지 않는다. 만찬이 진행되어감에 따라 처음의 긴장된 분위기는 점점 편안해지고 대화가 오간다. 그러나 실제의 대화가 전달되는 것이 아니라 그 분위기만이 흐릿하게 제시될 뿐이다. 작가는 안이 회의하고 있는 이 부르주아 사회를 드러내놓고 매도하지 않는다. "앞다투어 재치를 뽐내는 경쟁 속에서 대화의 합창 소리가 고조되어감에 따라, 그렇고 그런 하나의 사회가 점점 모습을 드러낸다. 지켜야 할 예의의 기준이 발견되고, 허물없는 대화가 시도되는 틈이 열린다. 이렇게 해서 일반적으로는 편파적이고, 특별하게는 중립적인 대화의 장에 차츰차츰 이르게 된다. 파티는 성공적이리라."(93~94쪽) 이렇듯 '일반적으로는 편파적이고 특별하게는 중립적인 대화'라는 모순 어법은 안이 못 견뎌 하는 이 사회의 가식성을 요약한다. 대화에서는 재치가 경주되지만, 초대된 손님들은 족속으로 비하되고 지시형용사에 의해 멀찌감치 밀려나거나 'cet espèce,' 부정대명사 'on'에 의해 익명화된다. 그들이 음식에 탐닉하는 동물적인 행태는 시각·미각·청각·후각 등 각종 감각이 어우러

지면서 타인의 음식을 거부할 수밖에 없는 안의 처지와 대조를 이룬다. 겉보기에는 성공적인 파티, 그들이 애써 구성해낸 고상한 사회는 그렇고 그런 'quelconque'에 의해 김이 빠진다. 특히 추상명사 'inventivités'를 복수로 둠으로써 저마다 유일하다고 뽐내는 창의성이 흔하고 진부한 허식임을 비웃는다. 작가는 이 만찬의 작위적이고 속물적인 성격을 소리 높여 말하거나 안의 갈등을 밖으로 표출시키는 대신, 여러 표현의 장치를 사용해 교묘하고 은근하게 호소하는 것이다.

이처럼 인물들은 특권적 관찰자에 의해 내부로부터 조명되지 않으며, 감정이 명료하게 드러나는 대신 조심스럽게 추측될 뿐이다. 따라서 내면의 격정을 전달할 수 있는 다양한 문체 기법이 사용된다. 단어들은 필연적인 위치에서 엄격하게 통제되고 지각 작용과 문체가 일체화되어 절제와 암시, 간접화의 문체 기법들은 표현 효과를 높여주는 것은 물론 구조의 본질적인 요소로서 기능하고 있을 정도이다. 이처럼『모데라토 칸타빌레』는 뒤라스의 글쓰기에서 하나의 전환점을 이루는 작품으로, 새로운 언어 기법의 지평을 열어 보인 소설이라고 할 수 있을 것이다. 알랭 로브그리예 Alain Robbe-Grillet의 지적처럼, 독자는 처음부터 끝까지 완성되고 충만하며 그 자체로 닫혀 있는 세계를 수동적으로 받아들이는 것이 아니라 작가가 남겨놓은 여백의 의미와 침묵의 소리를 따라가며 나름대로의 작품 세계를 능동적으로 구축해나가도록 초대받은 것이다. 겉보기에는 평면적이고 단순하게 전개되는, 추상적이라고까지 할 수 있는 문체의 내면에는 아주 복층적이고 입체적인 의미가 숨어 있다. 따라서 우리는 이미지와 은유, 단어의 형태, 내포 의미, 문장 형식, 시제 그리고 구두점에 이르기까지 작은 구성 요소 하나하나에 세심한 주의를 기울임으로써 절대적 사랑을 찾아 헤매는 언어의 모험에 동참할 수 있을 것이다.

1914 프랑스령 인도차이나(현재의 베트남) 남부 코친차
      이나의 지아딘에서 2남 1녀 중 막내로 출생. 본명은
      마르그리트 도나디외Marguerite Donnadieu. 아버지는
      수학 교수, 어머니는 원주민 학교 교사.

1918 아버지 사망.

1924 프놈펜, 빈롱, 사덱에 거주.
      어머니가 프레이 놉(캄보디아)의 땅을 사들였으나
      불모지로 밝혀짐.

1930 사이공에서 리요테이 기숙학교 재학.

1932~33 바칼로레아를 치른 뒤, 프랑스에 영구 귀국. 소르본
      대학에서 수학·법학·정치학 공부.

1937 식민성 근무.

1939 로베르 앙텔름과 결혼.

1940~42 첫아이 사망.
      중일전쟁 중 작은오빠 사망.
      갈리마르 출판사에 근무하는 디오니스 마스콜로를

만남.

1943   마르그리트 뒤라스라는 필명으로 첫 소설 『철면피
        들*Les impudents*』 출간.

        파리 6구역 생브누아 5번지에 정착.

        장 주네, 조르주 바타유, 앙리 미쇼, 모리스 메를로-
        퐁티, 르네 라이보비츠, 에드가 모랭 등과 교류.

        로베르 앙텔름, 디오니스 마스콜로와 함께 '국제전
        쟁포로해방기구'에 가입. 모를랑(프랑수아 미테랑)과
        함께 레지스탕스 활동.

1944   『조용한 삶*La vie tranquille*』 출간.

        로베르 앙텔름이 체포되어 부헨발트 강제수용소에,
        이어서 다카우 강제수용소에 수용됨.

        공산당 가입.

        전쟁 포로, 강제수용자들에 관한 정보를 수집하여
        신문 『리브르』 발행.

1945   로베르 앙텔름 귀환.

        로베르 앙텔름과 함께 위니베르 출판사를 설립하
        고, 에드가 모랭의 『독일 영년零年』『생-쥐스트 작
        품집』 출간.

1946   로베르 앙텔름과 이혼.

1947   아들 장 마스콜로 출생.

        위니베르 출판사에서 로베르 앙텔름의 『인류』 출간.

1950   『태평양을 막는 방파제*Un barrage contre le pacifique*』출
        간.

        공산당에서 제명당함.

1952   『지브롤터의 선원*Le marin de Gibraltar*』출간.

1953   『타르키니아의 작은 말들*Les petits chevaux de Tarquinia*』
        출간.

1954   『온종일 숲속에서*Des journées entières dans les arbres*』(『보
        아 구렁이*Le Boa*』『도댕 부인*Madame Dodin*』『공사장*Les
        chantiers*』등도 실림) 출간.

1955   『작은 공원*Le square*』출간.

1957   디오니스 마스콜로와 결별.

1958   『모데라토 칸타빌레*Moderato cantabile*』출간.

1959   『센에우아즈 고가 다리*Les viaducs de la Seine-et-Oise*』출간.
        모리스 블랑쇼와 교류.

1960   메디치 상 심사위원에 위촉됨.
        시나리오『히로시마 내 사랑*Hiroshima mon amour*』『여
        름날 밤 10시 반*Dix heures et demie du soir en été*』출간.

1961   제라르 자를로와 공동 작업으로 시나리오『그토록
        오랜 부재*Une aussi longue absence*』출간.

1962   『앙데스마 씨의 오후*L'après-midi de monsieur Andesmas*』
        출간.

1964   『롤 V. 슈타인의 황홀*Le ravissement de Lol V. Stein*』출간.

1965 『부영사*Le vice-consul*』출간.

1966 폴 스방과 공동 작업으로 영화「라 뮈지카La Musica」
감독.

1967 『영국 애인*L'amante anglaise*』출간.

1968 『영국 애인』을 희곡으로 출판.
5월 혁명에 참여.

1969 『파괴하라, 그녀는 말한다*Détruire, dit-elle*』출간.

1970 『아반, 사바나, 다비드*Abahn, Sabana, David*』출간.

1971 『사랑*L'amour*』출간.

1973 희곡, 시나리오『인디아 송*India song*』『갠지스 강의
여인*La femme du Gange*』출간.

1974 그자비에르 고티에와의 대담집『이야기하는 여인
들*Les parleuses*』출간.

1975 영화「인디아 송」이 칸 영화제에서 예술과 비평 부
문 수상.

1976 『온종일 숲속에서』로 장 콕토 상 수상.

1977 「화물차Le camion」『에덴 시네마*L'eden cinéma*』, 미셸
포르트와 공동 작업으로『마르그리트 뒤라스의 거
처들*Les lieux de Marguerite Duras*』출간.

1980 『복도에 앉은 남자*L'homme assis dans le couloir*』『80년 여
름*L'été 80*』『녹색 눈동자*Les yeux verts*』출간.
38세 연하의 얀 안드레아와 만남.

1981   캐나다, 미국, 이탈리아로 인터뷰 여행.

『아가타*Agatha*』『아웃사이드*Outside*』출간.

1982   파리 근교 뇌이의 아메리칸 병원에서 알코올 중독 치료.

『대서양의 사나이*L'homme atlantique*』『사바나 베이 *Savannah bay*』『죽음에 이르는 병*La maladie de la mort*』 출간.

1984   『연인*L'amant*』출간. 공쿠르 상 수상.

1985   『고통*La douleur*』『체홉의 갈매기*La mouette de Tchekov*』 출간.

『리베라시옹』지에 기고한 글로 페미니즘 논쟁을 불러일으킴.

1986   『파란 눈, 검은 머리*Les yeux bleus cheveux noirs*』『노르망디 해안의 창녀*La pute de la côte Normande*』출간.

『연인』으로 리츠-파리-헤밍웨이 상 수상.

1987   『에밀리 엘*Emily L.*』『물질적 삶*La vie matérielle*』출간.

1988~89   심각한 혼수상태로 입원.

1990   『여름비*La pluie d'été*』출간.

로베르 앙텔름 사망.

1991   『북중국에서 온 연인*L'amant de la Chine du Nord*』출간.

1992   『얀 안드레아 슈타이너*Yann Andréa Steiner*』출간.

1993   『글쓰기*Écrire*』『외부 세계*Le monde extérieur*』출간.

1995 『이게 다예요 *C'est tout*』 출간.

1996 3월 3일 자택에서 사망.